小暮照作品集

カナンの地

創風社出版

カナンの地　目次

カナンの地

I

船のゆれはますますひどくなってきた。南米大陸の南端と南極大陸の間を隔てているドレーク海峡のうねりは五メートルを超している。二万トンを上回る大きな船全体が上に持ち上げられたかと思うとスーと落ちていく。ゆっくり動くジェットコースターのような上下動は、体は元気だ車酔いには強いと自負している秋江の内臓をゆっくりとゆさぶるのだった。真っ直ぐには歩けない。危うく人にぶつかりそうになったり、壁に肩をぶつけたりとよろめきながら廊下を歩いていく。足元の不安定さにも増して、出港前に聞いたあの電話の一言で心も激しく揺れ動いていた。

昨夜、南米最南端の町ウシュアイアを出港した南極クルーズのディスカバリー号は、一路南極半島を目指して南下していた。秋江の七十歳の誕生祝いにと子どもや孫たちがプレゼントしてくれたツアーで乗っている船だ。木造船時代には多くの命を呑み込み魔の海峡と呼ばれ、今は一年中吹き荒れる暴風のため絶叫の海と恐れられているドレーク海峡を、三十時間かけて乗り切ろうとしているのだ。スタッフが「今日は風がなくていい天気ですね」と挨拶するが、秋江の胃袋はだんだんと異常を感じはじめてきていた。

六階の窓際にある椅子にやっと腰を落ち着けた。座って広い窓から海を眺めていると体の不快感も少しは治まってくる。周囲を氷の海で囲まれているとは思えないほどガラス越しの日差しが暖かく、船内は温室のようでついまどろんでしまう。

「ここ、よろしいでしょうか？」

きれいな日本語が聞こえた。振り向くと同じ年配の長身の男性が立っていた。出航以来、話し相手がないのか暗い表情でそわそわと落ち着きなく動き回っていて気になっていた日本人だった。病弱そうな風貌がさらに存在感を薄くしている。隣の空いた椅子を指している。

「どうぞ、どうぞ」

足元には、まどろんだ時に手から滑り落ちページが捲れてはみ出している文庫本があった。男性はそれを拾い上げると、椅子に腰を半分沈めてから、ほこりを払って手渡してくれた。秋江は「ありがとうございます」と微笑みを返した。

「見山といいます」

男性は一言挨拶すると、視線を海に向け秋江の存在は忘れてしまったかのようにそのまま黙って流れる氷を見つめている。

秋江はその冷たい雰囲気に飲まれたようにそのまま視線を海に戻すと黙って氷を見つめた。秋江の心の中には、ウシュアイアで聞いた息子の一言が重くのしかかっていて、自分から話しかける気持ちにもなれずうつろな視線を海に向けるだけだった。

目の前を大小様々な浮氷が流れていく。本当は浮氷の間を船が進んでいるのだが、秋江には氷の方が流れているようにしか見えない。ほとんどの氷は真っ白で、水の中に沈んでいるところは青く見える。たまに上まで青いのが目に入る。遠くには巨大なテーブル状の氷山が同じ速度で通り過ぎて行く。

「きれいなブルーアイスですね」

男性がつぶやいた。透き通ったマリンブルーが微妙な濃淡をデザインしたアクアマリンのように輝いている。秋江は「きれい」と瞬間思うのだが、心はすぐに電話の声に戻ってしまう。

「建華が戻ってきた」

中国からの長男稔の一言に「えっ」と声がつまった。どうしてと聞きただす前に電話が切れた。乗船前の一休みの時間だったので掛けなおす暇はなかった。一体なにが起こったというのだ。秋江の家に下宿している孫の建華はいつもの明るい笑顔で日本の家から秋江を送り出してくれたのだ。

「元気でね。遭難しないでよ。お土産は氷山の氷がいいよ」

と、茶目っ気たっぷりの笑顔が可愛かった。その建華が中国に戻っているという。「どうして?」と、すぐにでも飛んで帰りたい気持ちがつのるが、南極海の船の上ではどうしようもない。人工衛星を使った船内電話やインターネットがあるよと聞いてはいたが、そんな難しいものははじめからあてにはしていない。ただぼんやりと海を眺め、十日後に帰るウシュアイアでのホテルの電話を待つしかなかった。

秋江には名前が二つある。一つは坂根秋江、もう一つは範麗君という中国名である。在日中国人である両親を持ち日本生まれの日本育ち、現在四国の地方都市に住んでいて事故死した夫から引き継いだ家を守っている。国籍は日本だが、アイデンティティーは中国にあると秘かに思っている。

長男稔は日本の大学を卒業した後、中国の大学院へ進み、そこで出会った中国人の同級生と結婚した。卒業後は、妻の実家がある浙江省の海沿いの小さな町で、輸入した大理石を加工し高級建築資材を作る会社を設立、富裕層の増加と比例するように業績を伸ばしている。

その長女の建華は日本の大学に入りたいと、昨年から祖母の秋江の家に下宿し、日本語の勉強に励んでいるのだ。同じ町にある日本語学校に十月に入学し、もう四か月になろうとしている。秋江も孫のためにできるだけの手助けをしようと毎日気を遣ってきた。日がたつにつれ、可愛さも倍増してくる。それを途中で勝手に投げ出して帰国してしまったのだろうか。

やや大柄で丸顔の建華はいつも肩までの黒髪を一つに束ね、赤い髪留めをしている。眼鏡をどこかに置き忘れ、ないないと秋江の部屋にまで探しにくるのは毎日だった。他の髪留めを買いに行こう、コンタクトレンズを見に行こうと誘うのだが、大きな目を細くして「もったいないからいいよ」と断られる。

「おばあちゃんの友達はみな髪を染めているのに、おばあちゃんはどうして染めないの」と、めっきり銀髪が目立ってきた秋江を心配する心遣いを見せてくれる。このままここに居てほしい、嫁入りまで面倒をみたいと思うようになっていた矢先のことであった。それがどうして、秋江に無断で帰国してしまったというのだ。

南極大陸上陸の時間がせまっていた。防寒用上着の赤いパルカを着、白っぽい半透明のレインコート用ズボンをはいた。足には支給された白くて大きいゴム製の長靴をはいている。おもちゃの兵隊になったようで、小柄な秋江は体が自由に動かせない。パルカの裾には丸くて大きい緑色のプラスチック板がぶら下がっている。グループ認識のためのカラーディスクとのことだが、さしずめ大人用の迷子札といったものである。先着順に十名ずつ区切られ階下に誘導される。秋江はあの日本人男性見山と共に三番目のグループに入れられた。階段を下りたところで、待ち構えていたスタッフに赤色のライフジャケットを頭の上から首にスポッとはめ込まれ、腰と股の下に通されたベルトをカチャッと固定された。首かせをはめられたようで、さらに動きづらくなった。全員が同じ格好でどこかの映画で見た十九世紀の囚人の列のようだと苦笑しながら、一列に並び出口に向かう。

出口で厳しくチェックしている大柄なスタッフにクルーズカードを渡す。それをさっと機械に通すと画面に秋江の顔がアップで表れた。乗船した時に強制的に写された顔である。これから連行でもされようとしているかのような情けない顔で、こんなことになるのが分かっていたら化粧のしようもあったのにと思うが後の祭りだった。髭をはやしたアルゼンチン人のそのスタッフは、不正は許さないといった粘りっこい目でじろりと実物と見比べると、早く行けというように顎をしゃくった。不正といったって、この地の果てで一体何をやらかそうというのだろうか。この船から氷の海に脱走でもしようとする者がいるのだろうか。

船外にぶら下がっているタラップを慎重に降りると、ごついスタッフが二人待ち構えていて、横付けしているゴムボートにぶら下げられるようにして放り込まれた。事前指導の時に、スタッフに手を預ける時には握手するようにではなくお互いに手首を掴むようにしないと海に落ちることがあると注意された。しかし、秋江の華奢な手でプロレスラーかと思われるほどの巨漢のごつい手首など掴めるものではなかった。掴む間もなく一方的に体を持ち上げられ、そのまま落とされた。ゾディアックと呼ばれるゴムボートは、定員がいっぱいになると豪快なエンジン音を響かせ浮氷の間を縫って、南極大陸に向かって走り始めた。ゴムボートの縁に腰掛け、縁に沿って固定してあるロープを力一杯握りしめた。白い大陸が徐々に迫ってくる。

「もしお時間があったら話を聞いていただきたいんですけど」

隣に座っている見山が声をかけてきた。

「はい。では夕食後にでも、あの場所で」

訳の分からない言葉が飛び交っている中でそっと日本語で声をかけられると、早くから夫を亡くしている秋江は、いったい何の話だろうかと年甲斐もなく心に春風がたった。

小砂利の浜にボートは勢いよく乗り上げた。しかし、底がつかえて完全には浜に上がっていない。ボートの縁に並んで腰かけていた乗客は、腰を支点に体を百八十度回転させ、海の方に足を垂らして腰かけた格好になった。水はきれいで底が見える。秋江はちょっと躊躇したが、スタッフに手を取られて思い切って飛び降りた。ジャボンと小さな飛沫をあげ長靴の半分位まで水にひたった。

浜はエビの腐ったような臭いで満たされていた。ペンギンはオキアミという小エビを餌にするのだという。浜は消化不良のエビをたっぷりと含んで発酵したウンチでどろどろの状態になっている。その中をグチュグチュと歩いてあこがれの南極大陸に一歩を印した。砂利の上にも岩の上にも雪の上にも、どこもかしこもペンギンだらけだ。両足の間で卵を抱いているもの、もう雛が孵っているもの、天を仰いでギャーギャーと鳴いているものなど千差万別の格好で突っ立っている。ペンギンの間を小さな白いカモメのような鳥がヨタヨタと歩いている。ペンギンの卵を狙っているそうだ。それが近づくと、親ペンギンは体を思い切って前に伸ばし小さな嘴でその鳥の頭めがけて一撃を加える。

突然目の前に黒い塊が落ちてきた。さっと飛び立った足にはソフトボール位の大きさで灰色の毛に覆われたペンギンの雛がしっかりと握られていた。先ほどから一段高い岩の上でじっと隙を窺っていた盗賊カモメだ。親の両足に挟まれていた雛がわずかな自由を求めて時々外に迷い出る。親は足の間に戻そうとあわてて嘴でかき込むのだが、その一瞬の隙をねらっているのだ。急に雛がいなくなった親は首を伸ばしてキョロキョロと周囲に視線を走らせるが、もう雛の姿を目にすることはできない。「可哀想に」と秋江は言うが、「これが自然の摂理」とスタッフが答える。

九時を回ったころ、秋江は昼間と同じ六階の廊下の椅子で待っていた。「遅くなって」と見山は呟きながらあらわれ、前の小さいな丸テーブルにそっとブランデーグラスを二つ置いた。

「お飲みになりますか？」

「ええ、いただきます」

秋江はちょっと固くなった体をほぐすように両掌でグラスを包み込んだ。ほのかに立ち上る芳香を感じながら、見山は何を言いたいのだろうかと、少し早くなった鼓動を抑えるようにそのまま沈黙を続けた。

南極の夜は遅い。時計が十時を過ぎても外は明るい。白夜かなと思ったが、それでも十二時を過ぎるころになると暗黒の世界となる。南十字星を探したが、厚い雲が空全体を覆っている。窓の外を昼間と同じ速さで大小様々な白や青の氷が通り過ぎていく。

「実は、息子が上海にいるんです」

上海と聞いたとたん秋江の目が光った。中国の話は人事ではないのだ。

「上海で中国人の友達と小さな貿易会社をやっているんです。日本向けの輸出を手初めに、日本の小物類を中国に持って行ってるんですが、最近インターネットを使って売買する人が多くなって、商売にならなくなってきたらしいんです。本当は、私はのんびり旅行している気分じゃないんです」

深呼吸でもしているかのように一気に言葉を吐き出すと大きなため息をついた。「もしかして」と別の言葉を半分期待していた秋江は「あれ」と意表をつかれたが、それでも気を取り直して体の向きを変えた。

「そうですか。大変ですね」

秋江は「自分も大変なんだ」と口にまで出かかった言葉を押しとどめた。

秋江は昨夜夢を見た。玄関のドアが開いているのだ。建華は家を出るとき玄関に鍵を掛けなかったのか。誰もいない家の中で電話が勝手に鳴っている。留守電に切り替えていないのか。まさか建華は家の鍵を中国に持ち帰ったのではあるまいな。出発の時、何の疑いもなく建華にすべての鍵を預けてきたのだ。秋江は帰ったものの家に入るすべもなく途方に暮れている自分を想像した。建華のことよりも自分のことの方が心配になってきた。下宿というよりは家族の一員といった方がいいのかもしれない。勉強はどうするつもりなのか。日本語も大学もあきらめたということか。クリスマスには欲しがっていた電子辞書をプレゼントしたらあんなに喜んでいたではないか。だのに、一言の断りもなしに帰国してしまったのだ。怒っていいのか悲しんでいいのか、秋江の頭は混乱するばかりだ。

船にいる間は考えてもしようがない、考えまいとしていたのに見山の言葉でまた思い出してしまった。

――何かいやなことがあって日本を見限ったのではあるまいか、それとも体調をくずしたのか。誰も相談相手がなく、一人涙のままで飛び立ったのではあるまいか。自分がそばにいてやれなかったことが情けない。――

ブランデーの芳醇な香りが鼻の奥から脳に安らぎを与えるが、気持ちは中空を彷徨うばかりである。

「鬼ごっこしているみたいですね」

見山の突然の声に「えっ」と海を見る。海面すれすれの平べったい広い氷の上を、数十羽のペンギンがよたよたと歩いている。雪を被った広い運動場で子どもが遊んでいるみたいだ。離れたところに一羽のペンギンがぽつんと立っている。「いじめられっ子みたい」と笑顔がでる。

昨夜はペンギンについてのレクチャーがあって、いろいろなことを学んだ。つがいは一生変わらないそうだ。作った巣も一生同じものを使うという。声は七種類ほど出すが、どれも家族間のコミュニケーションのためだけらしい。

コミュニケーションといえば、建華が家に来た時にはいろいろ苦労した。父親に日本語を習ったとはいえ、発音も怪しげで戸惑うことが多かった。

「ママに誕生日のプレゼントを送りたい」

というので、デパートに連れて行った。

「おふくろを送ろうかな」

と言われ、秋江は仰天した。丁寧に言うときは「お」を付けたらいいとお父さんが教えてくれたので、袋に「お」を付けて「お袋」といったのだという。

「ママはこの色が好き」

とベージュ色のものを選んだ。

「ママに、デパートでベージュ色のショルダーバッグを買ったって電話するんだよ」

「カタカナばっかりだな。カタカナの言葉はわからないよ」

と答える。

「ペンギンは一生同じ巣を使うって、義理堅いのか融通が効かないのか」

と思っていると、

「うちの息子は世間知らずで融通が効かなくて」

と、見山が話し始めた。

「今どうしているのか、ずっと連絡がないんですよ。帰って来いと言うんですけど、私の言うことなんか聞かないんです。日本で仕事をしてくれたら、私も手助けができるんですけど」

「いっぱしの社会人でしょう。親が口出しすることじゃないでしょうに」

「その友達に誘われてキリスト教会に行ってるらしいんだけど」

「キリスト教信者になったって言うんですよ。なんでも人民広場の近くにある有名なキリスト教会に行ってるらしいんだけど」

「じゃ、ずっと上海に居るつもりなんですか」

「それが困るんですよ。女友達もできてるみたいなんで。一人っ子なんでわがままに育て過ぎたのでしょうか」

「お気持ちはわかりますけど。立派に独立なさってるんじゃありませんか」

「何か、騙されてるんじゃないでしょうか」

その言葉に、また建華を思い出す。「何か?」でとまどったことがあった。

建華は、「何か?」と「何が?」の区別ができなかった。買い物に行く時、「ほしいものがある」と言っていたことを思い出し、「何か要るの?」と声をかけた。建華は窓の外を覗いて、「猫が居るよ」と答えた。「いる」の意味も勘違いしていた。

それ以来、秋江は意識して「か」と「が」の発音を注意し続けていると、聞き取りにも間違いがなくなった。

ブランデーグラスが空になってしばらく時が流れた。彼はまだ言いたいことがあるといった顔付きだったが、秋江はもう遅いからと部屋に帰った。一人になると、また闇の中に建華の顔が浮かび上がる。考えているとだんだん腹が立ってきた。これだけ情報が発達している地球上で、知りたい情報が手に入らない。連絡したくても手も足もでない。こんな孤立した世界があろうとは、今まで想像もしていなかった。今、建華は何をしているのだろうか。もう寝たのだろうか。いや、中国は赤道の反対側だから冬だろう。朝晩は、ここと同じはずだ。私がこんなに心配しているのに自分勝手なことをして、と目が冴えてきてしまう。

十日間のクルーズを終えたディスカバリー号は再び魔の海峡に突入した。風が出たためかローリングもある。部屋に固定してある家具の引出が、透明人間が手を動かしているように開いたり閉ったりする。ドアが突然大きな音を立てて閉まってびっくりさせられた。秋江はベッドにしがみついていた。普通のシングルベッドより細めのベッドには、毛布が袋状にセットしてあり、その中にもぐり込むと、寝ていても下に落ちる心配はない。胃の当たりの違和感が徐々に膨れ上がって、フロントに酔い止めの薬を貰いに行こうかどうか迷っているうちに、十日間の疲れが溜まっていたのかぐっすり寝込んでしまった。目が覚めると船はすでにウシュアイアの港に入っていた。まだ、町のあちこちに明かりが灯っている。しかし、桟橋では、荷降ろしや新しい出港へ向けての準備がせわしなく始まっていて、船への出入りも徐々に賑やかさが増してきた。

朝食後、ホテルからの迎えのマイクロバスに乗る。ウシュアイアは、海岸線に沿った細長い港町である。繁華街に土産物屋が連なり田舎の漁港が少し観光地化した感じだが、重く垂れこめている雲のせいか体を締め付けるような寂しさに包まれている。地球最南端の町とか世界最南端の港とか、最南端を売りにしているが、小さいながらも立派な飛行場があり、アルゼンチン海軍の軍港が隣接している町なのだ。手の届くところに裏山が迫っていて、町全体が海に押し出されそうな感じがする。一月は南半球の夏である。夏というのに裏山の稜線にはびっしりと雪が張り付き、山頂からは白い谷が延びている。氷河だという。南極が近いとの実感を肌で感じる。

海岸線と並行して走っている山並みの中腹にあるペンション風の瀟洒な建物が今宵の宿だっ

た。秋江は部屋に入るなり電話をとった。稔の嫁が出たが、すぐ建華に替わった。

建華の声は始めから涙混じりだった。

「よかった。おばあちゃん生きていたんだね。何にも連絡がないから遭難したんじゃないかってみんな心配してたんだよ。よかった」

頭いっぱいに詰まっていたつかえが一瞬で吹っ飛んだ。

「ありがとう。心配かけたね。ごめんね」

秋江の目からも涙がこぼれた。

「叔父ちゃんが捕まったの」

「えっ」

秋江の全身に心臓が張り裂けんばかりの衝撃が走った。秋江は建華の一言ですべてを悟って絶句した。最も恐れていたことが現実のものとなっていたのだ。すぐにでも飛んで行きたいのに、何も知らないで氷の海を彷徨っていた時間がうらめしい。

II

建華の家は代々のクリスチャンファミリーであった。稔は結婚して間もなく妻の勧めで家族と一緒に教会に行くようになり、やがて洗礼を受けたそうで、建華が生まれた時には地区の信徒のリーダーの一人として活躍していた。建華は生まれながらにして信徒であり、幼児洗礼を受けた後は当然のようにクリスチャンの一人として育てられ、自分もそれを自覚しながら成長してきた。

浙江省は九州に近い沿岸地域である。百六十年前の阿片戦争以来外国文化流入の最も早い地域のひとつであり、現在では中国のエルサレムと呼ばれるほどキリスト教信者が多い地域である。当然多数のキリスト教会が存在するが、そのほとんどが当局の許可を得ていない地下教会と呼ばれるものである。

建華の母親は以前から自分の家族にも教会にも、眼には見えない何かが迫っていることを感じていた。いつもどこかから監視されている気配がして、家や教会を取り巻く空気がなんとなく落ち着かないのだ。出入りする度に何度となく足を止め振り返るのだが視野に入るものは何もなかった。気のせいかとも思うのだが、いや何かがいると時間とともに確信に満ちたものになりつつあった。

「建華をここに置いておくのは危ない」

正義感が強く一本気な建華は、筋が通らないと思うと正面からぶつかっていく。例え警察といえども見境なく抗議しかねない。何が起こるか分からないと夫を説得して日本の祖母に預けることにしたのだった。建華はそのいきさつは聞いていなかった。以前から父の故郷に行ってみたい、日本の大学で勉強したいとの希望を強く持っていたので、母から日本行を切り出されると一も二もなく受け入れたのだった。

建華は日本行を決めた時には、日本語は全く分からなかった。日本に行ってから勉強したらいいと思っていたが、異国で苦労をさせたくないと父の稔は必死になって日本語を教え始めた。教科書があることも知らず、挨拶の仕方や思いつく語彙を覚えさせようとした。

「これは『かき』、これは『かぎ』」

と絵を指しながら口うつしで発音させようとするが、中国語には濁音がないので建華はその違いが理解できない。それでも何回も練習しているうちに、多少は使えるようになったが、その自信ができる前に日本行の日がせまって来た。

「なんとかなるさ」

何でも楽観的で前向きに考えるところが、建華の長所だろうと、自分で思っている。建華にとっては初めての海外旅行である。上海までは父が付いて来てくれたが、そこからは一人旅であった。おばあさんとは初めて会うのだ。写真は何回も見ているが、他人と間違えたりしないだろうか。おばあさんは本当に迎えに来てくれるのだろうか。最初になんて挨拶したらいいのだろうか。私の日本語は通じるのだろうか。入国の時の検査や書類にはうまく対応できるのだろうか。考えていたらきりがないほどの心配事が湧いてくる。しかし、不安顔で見送る父親には心配をかけまいと、右手を頭の上で小さく振りにこっと笑顔で別れを言ってゲートをくぐった。

二時間のフライトで、四国の小さな地方空港に着陸した。外国といっても、中国の自宅から上海の空港に行くよりもよっぽど近いじゃないのと、ちょっと肩の力が抜けた。荷物検査も聞いていたほど厳しくなかった。機内の日本語のアナウンスもなんとか理解できた。さんざん迷ったあげく、日本人の客室乗務員に「日本は今何時ですか」と聞くと「午後二時過ぎです」と答えが返った。「通じた」とふーと深呼吸をした。

初めて感じる父の故郷のにおいであった。荷物検査室を出たところで、一人のおばあさんが駆け寄ってきた。写真で何回も見た顔だった。

「こんにちは」

「よく来たね。疲れなかったかい」

笑顔が、緊張気味の建華を温かく包んでくれた。

タクシーを降り、初めて見る日本家屋の二階の部屋にはベッドも入れられ、建華を迎える準備が整っていた。

「いるものがあったら、なんでも言ってちょうだい。パソコンがないけどあった方がいいのかい」

「パソコンって何ですか」

「えっ、パソコン知らないの。中国にはないのかねー」

おばあさんは買ったばかりの電子辞書のキーをたたき、建華の目の前に持って行った。

「ああ、パーソナル・コンピューターを簡単にした名前ですね」

建華はちょっと困った顔をしながら、

「私は日本語がよく話せません」

とつぶやいた。

「分からない時は、遠慮なく言ってちょうだい。何でも教えてあげるから」

「遠慮なくって、何ですか」

おばあさんはあわてて電子辞書の蓋をあけた。

数日後、市内にある日本語学校に入学手続きをとった。入学が四月と十月の二回できる学校なので、後期の新学期に間に合ったのだ。二十人ほどの生徒はほとんど中国人、女性が半分以上を占めている。年齢はかなりばらつきがあり、高校を卒業したばかりの十代後半の人から、脱サラをして来日した三十代の人まで様々。中には中国の日本語学校を卒業した人もいて日本語のレベルもいろいろである。

系統だった勉強をしていない建華にとって、頭の中を整理できる新鮮で充実した毎日となり、あまり似合わないヘルメットをかぶると勢いよくペダルを踏んで出かけていく。

休憩時間には中国語が教室を占拠する。先生は、

「学校では日本語だけ、中国語は使ってはいけない」

と言うが、守っていたのは最初の数日だけ。誰かが口火を切るとあとは誰にも止められない事態となり、最近は、授業中でも中国語でやり取りして、先生も仕方ないといった顔付きで口を出さなくなった。

おばあさんとは片言の日本語で話すが、分からないことの方が多くストレスが溜まる一方だ。

しかし、学校で友人と方言を交えて想いのたけを吐き出すと、普段の建華にもどることができた。お互いに行き来をする友達もできた。友達は皆建華がうらやましいという。ほとんどの学生はアルバイトで学費や生活費をまかなっている。建華ほど時間とお金に余裕がある者はいない。社会生活と日本語の勉強にと、午後の数時間のアルバイトを自分で見つけてきて通い始めた。コンビニの手伝いだそうである。夜は日当が高いよと言うが、秋江は「絶対だめ」と譲らなかった。

家の近所にキリスト教会を見つけ、一人で日曜日に通う約束をしてきたと秋江をびっくりさせた。

「無茶なことするね」

「今度一緒に行こうよ」

と、何回も誘うが

「うちは仏様だからごめんだよ」

と逃げられてしまう。好奇心の塊りかと思わせるほど積極的に動きまわり、語彙の数を増やし表現も豊かになってきた。

最初はとまどっていた秋江も、今では建華のペースでの会話を楽しんでいるようだ。

十二月に入ると、全学あげての学園祭の準備が始まった。

「私、クラスの責任者になったの。何したらいいと思う」

と、秋江に聞くが、「さあー」としか返事が返ってこない。

「水餃子を作ることに決まったよ」

数日後家に飛び込んできた建華は、そのまま二階に駆け上がった。大柄な建華が駆け上がる度に、古い階段は悲鳴をあげる。

「打ち合わせに友達が来るからね」

の声に、秋江は、お茶の準備にあわてて台所に立った。

学園祭の当日、「ちょっと覗いてこようか」と、電車を乗り継いで秋江は学校の入り口で、学生の一人に案内を頼んだ。

一番上の四階から順に案内してくれた。クラスごとにいろいろな催しを工夫しているが、大半は食堂まがいのものである。饅頭のところもあれば、たこ焼きのところもある。二階の建華のクラスに来た。見つけた建華が大声で紹介すると、後は全員で下にも置かない歓待をしてくれた。

「もう食べられない」と悲鳴を上げるほど、ほかの部屋からもいろいろな差し入れがある。

「皆が建華を大事にしてくれているので、安心したよ」と家に帰りつくと「ああ疲れた」と横になった。

クリスマスが近づいたある日、

「おばあちゃんは私にどんなプレゼントあげるの？」

と聞いてきた。

「え、誰が誰にあげるの？」

「だから、おばあちゃんが私にあげるの」

「そんな時には、『くれる』って言うんだよ」

「じゃ、私がおばあちゃんに渡すのだったら何て言うの？」

「それは『あげる』でいいの」

「へえー、日本語って遅れてるんだね。中国語はどちらも『給』っていう言葉だけでいいんだよ」

「わたしゃ、頭が変になりそうだよ」

「病院に行った方がいいよ」

別の日には、

「日本文化の授業で、『ボランティアの始まりはおせっかい』って習ったよ」

「へえー、学校でそんなこと勉強するのかい。だけどなんだか変だよ。紙に書いてごらんよ」

建華の整ったきれいな字を眺めていたおばあさんは、

「『おせっかい』じゃなくて『おせったい』じゃないの。漢字でこう書くんだよ」

と、お節介とお接待を並べて書いて見せた。

「明日、学校で先生に聞いてみる」

「聞かなくても間違いないよ。おばあちゃんは信用ないんだね」

「『しんよう』って、中国の町の名前でしょう」

「違うよ。町の名前は瀋陽、おばあちゃんが言ったのは信用」

「ああそうか。漢字で言ってくれたら分かるのにね」

「そんなこと、言えるわけないでしょう」


祖母を南極ツアーに送り出した数日後、父から電話がかかってきた。

「叔父さんが警察に捕まったよ」

「えっ、どうして」

「叔父さんたちが教会を建てていただろう。出来上がる寸前に警察に壊されたんだ。それに抗議したら逮捕されたらしい」

「うちの教会は大丈夫？」

「分からない」

「私、すぐ帰る」

「帰ってきちゃだめだ」

「すぐ帰るから」

建華は一方的に電話を切ると、すぐ大学の生協に走った。建華はまだ大学生ではないが、先輩の口利きで、学生のための航空券を安く買うことができる。顔見知りの係員はすぐ上海行きの便の手配をしてくれた。午前中の便に乗ると、上海の南側、淅江省の海沿いにある自宅には、夕方には帰ることができる。

家には近所の親族が皆集まって建華を待っていた。

「どうして帰って来たの」

母は建華の顔を見るなり涙をいっぱい溜めた目を大きく見開いて、思いつめたように言った。母がなぜこれほど激しい言葉を浴びせたのか不審に思ったが、そのまま父の胸に飛び込んだ。

母親が心配した通り、建華は一人で叔父の釈放を求めて警察に出向いた。しかし、まったく相手にしてもらえず、しつこく食い下がると、「子どもの来るところじゃない」と腕を掴まれて門の外にまで引きずり出された。

「無茶なことするんじゃないよ」

と、母は泣きながら建華の胸を叩いた。

「何の罪で逮捕されたんだ」

何度も警察に抗議しに行ったという父は、逮捕された理由すら分からないと顔をくもらせる。

「公務執行妨害程度だったらいいんだが、反政府分子とか国家安全危害罪とかだったら大変だ。死刑になった人もいるとの噂もある」

皆が心配しても怒りを顔に出してもどうにもならないことだった。

「警察を刺激しないように、成り行きを見守るしかないだろう」

と、建華は勝手に動かないようにと父に釘をさされた。

中国政府は宗教の自由を保証するとうたっているが、組織としての活動には制限を設けている。

宗教団体として政府に登録すること、登録した地域以外では宗教活動をしないこと、宗教施設に子どもを出入りさせないことがその主なものである。

浙江省のキリスト教信者たちは、百六十年前から家族ぐるみの信仰を守ってきている。文化大革命時代のあの激しい弾圧にも家族全員で歯をくいしばって耐えてきたのだ。

「私たちの文化や伝統をなくすわけにはいかない」

と、浙江省のキリスト教会のほとんどは宗教団体としての登録をしていない。警察からはいわば不法団体として見られているのだ。

「地下にもぐった教会というわけさ」

「笑いごとじゃないでしょう」

と家族の中でも論争が起こる。その地下教会の数が増えているというのである。当局が神経質になるのも頷けないことではないが、

「宗教の自由とは、そのような制限を受けないことだ」

と建華は主張する。

「子どもがクリスチャンになってはいけないなんて納得できない」

と建華は憤慨する。

秋江は二日かけて帰国すると、待ちかねていた友人に、

「インターネットの情報によると、中国浙江省のキリスト教信者が逮捕された」

と知らされた。当局の許可を得ないで新しい教会を建て、ほぼ出来上がったところを不法建築として警察によって破壊され、抗議に集まった信者の中から逮捕者が出たというものだった。建華の叔父も多分その中に入っていたのではと聞かされると、秋江はいても立ってもおられず、一週間後には上海の友人の家に姿を現した。見山が一緒だった。


家に帰るとすぐ、見山からお礼の電話があり、秋江が「すぐ上海に行く」と言ったら連れて行ってくれという。

「どうしても子どものところに行きたい。空港か駅でタクシーに乗せてもらえればいい」

という。しかたなく、同行することとしたのだ。


同じ在日中国人で子どもの時から一緒に遊んで育ったその友人は、独り身の晩年は中国で暮らしたいと上海にマンションを買い引っ越して半年がたっていた。浦東地区の新興住宅街には高層ビルが林立している。外国人街と呼ばれるその一帯には日本人の姿も多く、小金を貯め込んだような中国人の数が日に日に増えてきている。半年前に買った六階にある友人の三ＬＤＫの部屋も、今、倍の値段ですぐ買い手がつくほどの不動産ブームだそうだ。下の通りには不動産屋がひしめき、高級食材店や日本料理店、洒落たブティックといった今までの中国にはなかった雰囲気の店

が軒を連ねている。街角には何人ものガードマンが街全体に目を光らせている。

「あんたもこちらに来なさいよ。中古だけど、手頃なマンションがあるのよ」

と、その友達が誘うが、秋江は夫の最後を看取った今の家を出る気はなかった。

ちょうど日曜日だったので、見山を伴い、友達の案内で見山の息子が行っているという教会を覗いてみることにした。もしかするとその息子に会えるかもわからないという期待もあった。昭和初期に建てられ、現在上海の歴史的重要建築物に指定されているというかなり大きなヨーロッパ風の教会は、立錐の余地もないほど信者であふれかえっていた。千五百人ほどはいるという。その中から一人の日本人を探し出すということは土台無理な話だった。後ろにそっと座って礼拝が終わるのを待った。十時から始まった礼拝は十二時少し前に終わったが、スピーカーから流れる女性牧師の中国語の説教は全く分からなかった。ぞろぞろと帰り始めた人々の顔はみな穏やかで満ち足りた表情をしている。上海の下町で見かける一般庶民の顔付きとは明らかに違う。この人たちは本当に神の愛を求めて来ているのだろうか。

牧師に会って見山の事情を話し、見山の体を預けた。

見山の息子はいったい何を求めて教会に足を向け始めたのか。中国人の友達に誘われ断りきれなかったのではないか、いや、女友達に強引に連れてこられたのではないだろうか。あの見山の話ぶりからして、本当にクリスチャンになったとは思えない。上海市だけでキリスト教会が百八十あり、二十万人の信者がいるという。裕福になってきた人たちの社交場なのか、それとも余裕のできた生活に西欧の香りを漂わせたいためなのか。キリスト教会に行くことが、富裕階級の一つのステータスになっているのではないか。

翌日新しくできた上海南駅から杭州行きの列車に乗った。付近の景色とは不釣り合いと思われるほど超近代的で美しい駅である。ホームに入るまで何回となく切符をチェックされ、荷物もX線検査をされる。全席指定の列車は快適だった。杭州で地方行きのバスに乗り換え、海岸近くのS駅で降りた。バスも指定席だったが、二時間の田舎道にはかなり疲れた。

建華が迎えに来てくれていた。小柄な秋江に覆いかぶさるように首を抱いて、

「心配かけてごめんね」

と、何度もつぶやいた。

入り組んだ裏通りにある息子の家を訪れるのは初めてだった。稔の結婚式は上海でしたため、秋江はここまで足を延ばしていない。外側にトタン板を張り付けた頑丈な外開きの門を入ると小さな庭があり、突き当りのくぐり戸を通ると広い土間のある三階建ての家に続いていた。中国の家は大概一階が土間である。作業もできるしいろいろな道具の収容場所にもなる。お客さんの時には、机やいすを並べるだけで食事も接待もできるようになっている。

土間の隅に机を置き、果物や菓子を並べて秋江を待っていた。家族や近所の親戚一同が顔を揃え、小学校五年生の建華の妹も恥ずかしそうに並んでいる。久しぶりに会う稔も元気そうだった。いつもの温厚な顔がいっそうにこやかに「いらっしゃい」と一言つぶやくと、あとは黙って秋江

の肩を抱いたまま動かなかった。

夕食後しばらくして、見せたいものがあるから一緒に行こうと誘われた。稔と秋江と建華の三人が裏口からそっと抜け出し、暗くて細い裏道を右に左にとたどっていく。建華は秋江の手をしっかりと握りしめ足元が危ないと声をかけながら誘導してくれる。突如闇の底に沈んでいた潰れた工場の廃墟のようなところが現れた。重くて大きい鉄の戸をゆっくり引き開け、皆が入ると元通りに閉めた。秋江の力ではどうにもならないような重い引き戸である。

その奥に二階建てのコンクリートの建物があった。一階は土の上に裸のコンクリートの柱が立っているだけの空間である。廃物があちこちに散乱している様子が、近所の住宅から漏れる明かりからかすかに判別できる。隅にある急な裸のコンクリートの階段を手探りで上がり、勝手口のような小さな戸を開けて電気を付けた。

「あー」と秋江の口から思わず驚きの声が漏れた。バスケットコートが一面とれるほどのきれいなホールだった。廃墟のような外観からは全く想像できない立派さだ。正面にステージがあり、大きな赤い十字架が、正面の壁に取り付けられている。木製の長いすがきちんと整頓されて並んでいる。

「我々の教会です。詰めたら五百人は入れます」

稔の顔が誇らしげにほころんでいる。

「やっと出来たんですよ。長い間待ち望んでいた教会が」

秋江は絶句していた。やや背が低いががっしりと肩幅が広く、あまり心を表に出さない稔の顔がこれほど誇らしげに輝いているのを見るのは初めてだった。

建華がステージの袖にあるピアノを静かに引き始めた。

「建華、ピアノが弾けるの？」

建華のことは何から何まで知っていると思っていた秋江は、ピアノのことは全く予想もしていなかった。

「教会の日曜学校で教えてもらってたんです。妹はサキソホンを習っています。ここの町で楽器が習えるのはここだけなんです」

教会に来ている子どもたちは、日曜の度にいろいろなことを勉強しているという。

「この建物は、知人から潰れた工場を借りたんです。めちゃくちゃだった所を皆で修理したり、長年少しずつ溜めていたお金でイスを買ったりしてやっとここまでできたんです。自分たちの祈りの場ができたってみな喜んでいます」

「どうして十字架が赤いの？」

「イエス・キリストの血を表しているんです」

そういえば、上海の教会の十字架も赤かった。日本の教会も赤いのだろうかと首をかしげた。部隅にある三畳ほどの薄暗い部屋で、年配の女性の信者さんが五人ほど祈りをささげていた。部屋は極限にまで達したような緊迫感にあふれており、他人の立ち入れる空気ではなかった。上海の教会の雰囲気とは明らかに異質のものである。

また、暗い路地を縫うようにして家に帰ってきた。稔の妻は「何もなかった？」と心配そうに待っていた。

お茶を飲みながらの家族の話し合いが遅くまで続けられた。

「あの教会は許可をもらっているの？」

「いいえ、宗教団体としての登録もしていません」

「じゃ、いわゆる地下教会というわけ？」

「この地域では、百六十年前から家族ぐるみで信仰しているんです。政府の言うように子どもは入ってはいけないなんてことは認めることができないんです」

「じゃ、いつ手入れが入るかわからないじゃないの」

「ここにはいつも警察の目が光っていると思っています。義弟のところも狙われていたんですよ。教会が出来上がるのを待って取り壊すなんて明らかな嫌がらせです」

「釈放の見通しはついているの？」

「分かりません。お母さんも長居しないほうがいい」

叔父が逮捕されたと聞いた時、秋江は稔の家族にも危機が迫っているとの知らせと受け取った。

「建華、おばあちゃんと一緒に日本に帰ろ」

「私のうちはここなんだから、私は自分のうちに帰って来たんだよ」

「教会が壊されたり、逮捕されたらどうするの」

秋江は、いらいらしながら稔の顔を見た。稔は穏やかな顔で答えた。

「それも、神様の思し召しなら仕方がないでしょう。甘んじて受けますよ」

「そんなことは、私は賛成できないよ」

秋江は気色ばんだ。稔は決断するように言い切った。

「教会を壊されたら、また一からやり直したらいいんです。建華はもう大人なんだから、自分の生き方は自分で決めますよ」

秋江は、建華の顔を真っ直ぐ見据えながらもう一度言った。

「建華、おばあちゃんと一緒に日本に行こう」

「だめ、私がお父さんを守るの。落ち着いたら必ずおばあちゃんの家に行くからね。それまで、私が皆を守らなきゃ」

「守るったって、一緒に捕まるよ」

「その覚悟はできている。ここが私のカナンの地（神から与えられた終の棲家）なんだから。警察に捕まっても、それは神様のお導きでしょう」

秋江の懸命の説得は実らなかった。

建華は、家族や信仰を守るために命を掛けると言い切った。建華にこれほどの熱い血が流れているとは予想もしていないことだった。

「上海の教会には信者さんがいっぱい詰めかけていたけど」

「あそこは、政府の言うことを守って公認されているんです。みな晴れやかな顔で礼拝に出ているでしょう」

建華が寝室に引き取った後も秋江と稔の会話は続いた。

「教会の責任者は誰なの？」

「私です」

「私って、牧師さんがいるんじゃないの」

しばらく稔の沈黙が続いた。そして、やっと決心したように重い口を開いた。

「よっぽど信頼できる人じゃないと会わせられないんです」

秋江は、その言葉の中から現在の深刻な状況が読みとれた。

「実は建華には話してないんですけど、建華に頼みたいことがあるんです。アメリカに我々を支援してくれている団体があるんです。電話やインターネットで連絡を取り合っていたんですけど、どうも最近警察が盗聴しているんじゃないかとの疑いがでてきたんです。日本からだったら大丈夫だと思うので建華に連絡係を頼みたいのです。時期がきたら連絡しますから、一応知っていてください」

秋江は、翌日一人で上海に帰ってきた。バス停にまで送ってくれた建華は、

「うちは大丈夫だから心配しないでね。おばあちゃんこそ体に気を付けてね」

と言いながら、お土産ですと小さな紙包みを渡してくれた。バスの中で開けると、文庫本より少し大きい茶色の表紙の本が二冊入っている。一冊の表紙には「圣経」、もう一冊には「詩歌」と金文字が入っている。全部漢字なので全く読めないが、「圣経」は聖書だろうと察しはついた。詩歌は賛美歌だろうと開けると、五線譜のある見慣れた楽譜ではなく、漢字の詩の上に2とか5の数字が並んでいる。いつか見たことがあるハーモニカの楽譜と同じものだろうと推察した。

表紙の裏に、『おばあちゃんに　建華』とサインしてある。裏表紙をめくると達筆な筆書きで『神は愛なり　稔』のサインがある。突然何か雷に打たれたような衝撃が体を突き抜けた。胸の鼓動が速くなり、なかなか治まらない。

「まさか、形見のつもりでは」

目に溢れるものがあるのを懸命に堪えた。建華が命を掛けると言い切った裏には何があるのだろうか。日本に帰ったら、日本語の聖書を読んでみようと心に決めた。

上海の友達の家に落ち着いても、秋江の顔からは落胆の色が消えなかった。鏡の中の顔には急に老けこんだような、光のない眼が映っている。見物に行こうと誘われても、疲れたからと断って、一日ぼんやりと座っているだけだ。

「深入りしない方がいいよ。長男さんの家も教会も多分警察の監視下にあると思うよ。あなたにももしかしたら尾行がついているかも分からない」

と友達は心配してくれる。そして、

「見山さんは、息子さんに会えたそうよ」

と付け加えた。

空港の壁には「让奥运会取得成功」（オリンピックを成功させよう）と書かれたポスターが所狭しと貼ってある。

自宅に帰ると、すぐ二階の建華の部屋を覗いた。机の上には日本語教科書や筆記具が整頓されて置かれている。荷物もほとんどそのまま残っている。明るい建華の笑顔が「ただいま」といつものようにバタバタと階段を駆け上がってくるようだ。

――帰ってくるまで、このままにしておこう。まさか建華がこのまま居なくなるのではあるまい――

盗賊カモメに連れ去られていくペンギンの雛の丸い灰色の塊りが建華の顔と重なった。

「この家が建華のカナンの地になって欲しいんだけど。建華が帰ってくるまで元気で居なきゃ」

と秋江は思い直すのだった。


初夏の風を感じ始めたころ、日本の全国紙に小さな記事が掲載された。

【中国、五輪控え宗教弾圧】

オリンピックの時に、イスラム教・キリスト教・仏教などから抗議運動など起らないように事前の予防工作的な弾圧が始まっているとあり、過去二十五年間で最高の拘束者が出ていると報じている。

それから何日か経ったある日、建華からの電話が鳴った。

「叔父ちゃんが釈放されたよ」

「えっ、本当。よかったね」

インターネットをしている友人から、

「浙江省の事件がアメリカや香港の新聞に載ったのよ。オリンピックも近いことだし、中国政府も話を大きくしたくないんでしょうね」

と説明され、秋江にやっと笑顔が浮かぶようになった。

見山から封書が届いた。

「上海ではお世話になりました。上海で息子の家に行き、いろいろ話し合いました。息子が中国人の嫁を連れて戻って来ました。やっぱり自分の家が一番いいと言ってくれます。私は嫁に日本語を教えるので毎日忙しいです」

という手紙とともに、秋江にレンズを向けた時の写真や家族の写真が十枚ほど同封してある。

「どんな日本語を教えていることやら。近かったら私が教えてあげるのに」

と、ちょっと先輩ぶって机の上の日本語教科書を手に取った。

建華から電話があった。

「一週間ほどしたら日本に行くから」

「よかった、よかった。日と時間がはっきりしたら、もう一度電話ちょうだい」

秋江の目に輝きが戻った。

「もう学校が始まっているから、復学届を出しに行かなきゃ。二階のクーラーは使えるかしら。明日電気屋さんに来てもらおう。夏布団もいるだろうな。扇風機はあった方がいいかしら。二階にも冷蔵庫がいるんじゃないかな。新しいタオルケットをそろえておかなくちゃ。それより部屋の大掃除をしなきゃ。ピータンが好きだと言っていたなー。売ってるとこあるんかねー。えーと、あと何がいるんかな。あー、忙しい」

秋江は、久しぶりに体の芯から湧き出すエネルギーを感じた。「さあ、これから忙しくなるぞ」と両腕を上に伸ばして深呼吸をしながら、腰とひざの痛みをすっかり忘れていることに気付き、笑みがこぼれた。

「私のカナンの地はここですからね」

と仏壇の前に座り、

「お父さん、稔はがんばっていますよ。私たちも昔は在日ということで、ずいぶん苦労しましたね。もうじき建華がきますからね。お父さんも賑やかなことが好きだったからうれしいでしょう。私は最後までこの家で過ごしますよ。私のカナンの地はこの家ですからね」

と、夫の位牌にささやいた。

山小屋

手作りのような重い木製のドアを押し開き薄暗い店内に入ってから、三田はカウンターの奥で一人座っているその老人が気になっていた。ワイングラスを前に置いて、背を丸めじっと動かないその男の背中に視線を送ってから、カウンターの中ほどに座った。カウンターと小さな机数脚の店内は二十人も入ればいっぱいになる狭さだ。

半年ほど前、知人の紹介で訪れた裏通りにあるこの店は「ボカ」と名付けられ、ラテン音楽を聞かせるところとして、口コミで客を集めている小さなバーである。入口のドアの上にステンドグラス風の色ガラスがはめ込まれている以外、目立つものは何もない。

アルゼンチン育ちの五十過ぎと思われるママ手作りのエンパナーダとかトルティージャといった中南米の家庭料理が少し置いてある。頼めば、サングリアやピスコサワーなどの中南米の酒も作ってくれる。マスターもスペイン語が話せるとあって、時々は町内在住のスペイン語圏の外国人や旅行者が顔を見せる。小さな田舎町でラテンの雰囲気が味わえるところは珍しいと、三田は時々店に座り込み、白ワイン一杯で一時間もねばるのだ。

「ボカってどんな意味ですか」

「タンゴ発祥の町の名前ですよ」

「どこにあるんですか」

「南米アルゼンチンのブエノスアイレスの裏通りにあります」

ここで初めて、タンゴが南米で生まれたことを知ったのだ。

博識のマスターが熱っぽく語る中南米事情で時が経つのも忘れてしまう。一七〇センチぐらいのスレンダーな彼は五十歳半ばで、ちょび髭を蓄え銀縁の薄い眼鏡をかけたエスニックな雰囲気で客を引き付ける。

「ユパンキよかったたね。あんな人は二度と出ないね」

とか、

「メルセデス・ソーサのグラシアス・ア・ラ・ビーダに金玉抜かれたかと思うほどの衝撃を受けたよ」

など思い出を混じえながら、その場にいるかのような話をする。その話術につい引き込まれ、三田も少しずつフォルク・ローレやタンゴに興味を持つようになってきた。そして、今では、

「ユパンキの『トゥクマンの月』かけてよ」

等とリクエストするまでになった。

「ところで三田さん、別荘に興味無い？」

突然の話にとまどった。

三田は二年前、退職金を二倍にするという肩たたきに釣られて、小さな町工場を定年前の五十八歳で退職した。自宅と工場を往復するだけの生活から早く抜け出したいとの気持ちもあった。退職を決めてからは、二倍に増える退職金を何に使おうかと秘かにほくそ笑みながら想像するのが楽しかった。

女房と初めての外国旅行に行こうか、いつも横目で通り過ぎる若い娘がいっぱいいる駅前のコーヒー店でゆっくり寛ごうか、それとも毎日映画館に通うというのはどうだろう。本も読みたいな。友達がすすめてくれるパソコンはどうも億劫だ。朝寝坊ができるのがいいなと楽しみは膨らむばかりだ。

ところが仕事を辞めたとたん、これまでに積み重なっていた疲れが一遍に出たのか、三田の妻はインフルエンザで寝込んだと思う間もなく肺炎をこじらせて他界してしまった。子どもがいない三田は一人ぼっちになった。

三田は何をする意欲も湧かず、起きるのも昼前、朝食をとらない日が何日も続くようになった。夜はただぼんやりとテレビを見て時間を過ごした。このままではだめだ命を縮めるだけだと思ってはみても、何をするのも億劫でやる気がおこらない。旅行に出て気を紛らわせようかとも思ったが、あれこれ考えている間に面倒くさくなり結局止めてしまった。以前の職場の同僚に会うと、白髪が増えましたねと気遣ってくれる。

せめてお茶でもと昼間人の少ない頃を見計らってあの駅前のコーヒー店に入った。ドアを開けたとたん、

「らっしゃいませ」

と、甲高い声が頭の上から降ってきた。ぎくっと足を止めると、

「どうぞこちらへ、何にしましょう？」

ピエロのようなキラキラ光る三角帽子を被った女の子がにこやかに微笑みかけた。壁に貼ってある絵入りのメニューを見たとたん、なんだこれは、ここはほんとにコーヒー店なのかともう一度店内を見まわした。

ダークモカチップフラペチーノ、チャイティーラテ、ダブルスクイーズ、ホワイトモカ等等聞いたことも見たこともないカタカナがずらりと並んでいる。

「えーと」

と、したり顔で選んでいる振りをした。あった「アイスコーヒー」。

「それ」

「はい。Lにしましょうか、Mにしましょうか、Sにしましょうか」

「えっ、Lってなんのこと」と思ったが、ええいままよと勢いで、

「L」

と、言って一万円を出したら

「一万円からでよろしいでしょうか」

三田は瞬間意味が分からずとまどった。その時、日本にも普通の日本語を使わない世界があることを初めて知った。

ビールのジョッキほどもある大きな紙コップが手渡された。ずっしりと重い。テーブルに座ってストローで中をかき回す。「何だ半分以上氷じゃないか。年寄りだと思ってわざと氷を余分に入れたんじゃないか」と勘繰ると、なんだか損した気分になった。外に出ると、心を見透かした店員たちがちらりとこちらを見ながら噂話をしている気がして、もう二度と来るもんかとつぶやいた。

数日後、町立図書館の開館時間を確認し、テレビショップで買ったばかりの新品のシャツで突き出た下腹を隠し、玄関の鏡をちょっと覗き白く薄くなった頭を水をつけた櫛で撫でてから家を出た。図書館の入口には十人ほどの年配の男女が並んでいる。職員がカギを開けたとたん、どこにそんなエネルギーが残っているのかと思うような勢いで一斉に駆け出し、我先にとスポーツ紙や週刊誌を手にすると窓際の明るい椅子にどっかりと座りこむ。そして、スポーツ紙を膝に乗せ目を走らせていると思ったら頭の動きがおかしくなった。

「せっかくスポーツ紙を取ったのに寝てるよ」

と、三田は女性職員に話しかけた。

「昼まで寝てるんですよ。コンビニで弁当買ってきて前庭のベンチで食べた後、夕方まで寝てる人もいますよ」

「ここは冷暖房完備だからね」

長椅子に腰掛け、山の雑誌に目を通していると、横にいた見知らぬ男が三田に話しかけてきた。先ほど入口に並んでいた年配者の一人だ。

「山がお好きなんですか」

「ええ、まあ」

「昼はどうなさるんですか」

「何も考えていませんが」

「よかったら、ウオーキングがてら昼食にいきませんか」

「じゃ、お言葉に甘えてご一緒させてください」

どうせ持て余している時間だ。今日一日、他人のスケジュールに割り込むのも悪くないなと考えた。

「私、茅部と申します」

「私は三田です」

図書館を出て三十分ほどぶらぶら歩いて駅前のデパートに入り、三田は茅部について地下一階に下りた。デパ地下である。この町唯一のデパートで、かなり賑わっている。北陸の加賀温泉郷キャンペーンのイベント中だった。北陸特産の食品がずらりと並べられ、それぞれにキャンペーンガールが付いていて試食を薦めている。ざっと一回りした。

「お菓子と漬物ばっかりですね」

「えっ、何がですか」

「試食ですよ。糖尿病持ちにはお菓子は禁物です。塩気の濃いい物は腎臓に良くないですしね。腹の足しになる物は何もないですね。出ましょうか」

「加賀は茶道が盛んなところでしょう。京都の流れの和菓子にはおいしい物が沢山あると聞いていますよ」

「私には毒ですよ」

北陸の特産の一つに蟹があったが、それは試食に出ていない。三田は、ゆっくり見たいと思ったが、仕方なく茅部について出て、駅前の食堂で肉うどんを腹に収めた。

また、三十分ほどついて歩いて大きなスーパーに入った。

「一服しましょう」

と、ファストフードの店が連なっている一角に座り込むと、

「ちょっと、待っててください」

と言って席を立った。まもなく、お茶の入った湯呑を二つ手に「熱い、熱い」と言いながら戻っ

てきた。

「ここは、セルフサービスのお茶が自由に飲めるんです」

「よく、ご存じですね」

「毎日ぶらぶら歩いていたら、いろいろなことを覚えますよ」

三田は、茅部の語る町並み探検の秘話を感心しながら聞いていた。

「ところで三田さん、何かやってますか。何かやらないとすぐ呆けてきますよ」

「これから探そうかと思っています」

「私は、ご詠歌クラブに入っているんですよ。挑戦してみませんか」

「ご詠歌って、あの、お寺で皆が唱えているお経ですか」

「いえ、お経じゃありませんよ。お遍路さんが、本殿の前で歌っているものですよ」

「いやー、私はまだそこまで」

「そこまでって何ですか。ご詠歌は日本の伝統文化なんです。いろんな流派がありましてね、瞑想とか振り付けとかもあるんです。詩の意味もなかなか味わい深くて、奥が深くて面白いんですよ」

「まあ、考えときます」

「ここの四階にゲームセンターがあるんです。そこは年寄りで一杯なんです。頭と手を使うんで呆け防止にいいそうですよ。行ってみましょうか」

「今日はいいですよ」

「それでは、次に行きましょうか」

「まだ、あるんですか」

町外れにある三階建てのビルに入った。「ＫＩ整形外科病院」の大きな看板が出ている。

自動ドアの正面玄関を入ると直進できる大きな廊下があり、その右側が待合室になっており奥が受付になっている。待合室には長椅子が並んでいて十人ほどの人が座っている。皆年配者だ。

茅部は案内も乞わず左手にあるすりガラス窓の部屋に入った。かなり来慣れている感じである。

「休憩室ですよ。入院患者や面会者がくつろぐ部屋になっています。時にはリューマチ講座なんかの集会もしています」

なるほど、五脚ある丸テーブルをそれぞれ囲むように椅子が並べてあり、壁際には大型テレビが置いてある。反対側の壁の前には飲み物の自動販売機が三台ある。廊下の反対側の大きなガラス戸の外は、感じのよい日本庭園である。

「コーヒー飲みませんか。砂糖どうしましょう」

「いただきます。砂糖もミルクも入れて」

茅部は、缶コーヒーではなく、湯気の立っている紙コップを一つ捧げるように持ちながらテーブルに戻ってきた。

「ここで、ちょっと待っていてください。診察してもらって来ますから」

「えっ、病気なんですか」

「いえ、薬もらうだけなんです」

ほどなく戻ってきた茅部の手には透明なファイルに入った処方箋が握られていた。

「再診で薬をもらうだけだったら、先生にあいさつして薬だけですって言ったらすぐ処方箋出してくれるんです。診察なしです。我々は『顔見せ』っていってるんです」

「悪いところがあるようには見えませんが」

「以前、腰痛や通風で見てもらったんです。今は痛みはないんですけど」

「じゃ、薬はいらないでしょう」

「痛風の薬と腰の貼り薬だけもらってるんです。再発した時のためにね。一週間分千円以下ですから。家には大分たまっています」

「やあ、茅部さん、今日は早いですね」

ドアから顔だけ出して中をうかがっていた老人が茅部に声をかけた。

「紹介します。ご詠歌クラブの会長さんで、岸部さんです。これからご詠歌クラブの役員会があるんです」

「ここでするんですか」

「ええ、月に一回やってます。今日は旅行の計画づくりです」

「ご詠歌クラブっていうのは旅行にも行くんですか」

「旅行、食事会、飲み会などいろいろなことをやっているポンコツクラブなんです。会員の一人にご詠歌を教えたがる人がいて、その人が強引にご詠歌クラブって名前にしたんです」

「私は、これで失礼します」

「クラブに興味がおありでしたらご連絡ください。人生、楽しまなくちゃだめですよ」

三田は名詞を手渡され、「有難うございます」と一言いってから、ほうほうの体で逃げ出した。図書館もそれっきりで行くのを諦めた。

そんな時、別荘の話が飛び込んできたのだ。

「えっ、何の話？」

「実は、そこのお客さんが、別荘をもらってくれる人いないかって話なんだけど。有賀さん、こちらに来て下さいよ」

と、端の暗がりにいる老人に声をかけた。

「別荘といっても山小屋なんですけどね、誰かもらってくれる人いないでしょうか」

老人はぼつぼつと話し始めた。

家内に死なれ、子どもは外国に住んでいて自分一人になり、今老人ホームに入っている。財産を整理しているのだが、別荘は思い出があるので壊すに忍びない。だが、使っていないとすぐ傷んでしまう。ただで譲るが、大事に使ってくれる人を探しているとのことだった。

ここから車で一時間ほどの山の中だという。三田は田舎暮らしにあこがれてはいたが、山の中と聞くとちょっと腰が引けた。一度現場を見てみてはというマスターのとりなしで、店の休みの月曜日に三人で下見に行くことにした。

三田がハンドルを握る車は山越しに隣の県に続いているという県道に入り、谷間の道となった。

「右の上の方に木のないところがあるでしょう。スキー場です。この先一キロほどのところには小さな温泉宿があります。老夫婦二人だけでやってるんです」

など、有賀の説明に、右に左にと視線を走らせる。

「ここから山に入ります」

左に折れ、トラックがやっと通れるくらいの砂利道に入った。まぶしいような新緑のトンネルの林道を、ヘアピンカーブを繰り返しながら高度を上げていく。道はかなり荒れており所々が大きく窪んでいて、車はそれをなんとか避けながらゆっくりと登っていく。標高は八百メートルを超えているというところで、離合ができるように山側を削って少し広くなっているところに停めた。

「冬は積雪で、ここまでは入れません」

一メートルくらいの細い丸太を横にして作った素人造りの階段を十メートルほど登ると山小屋があった。ログハウスである。前に五十坪ほどの空き地もある。

「三十年くらい前でしょうか。別荘ブームがあった時にこのあたりが別荘地として売りに出され買ったんです。何軒も建っていたんですよ。今はうち一軒だけになってしまいました」

「立派なログハウスですね。建売ですか」

「外は業者にやってもらいました。中は手造りです。休みのたびに女房と二人で少しずつ手を入れてきたんですよ。その思い出が強くて壊せないんです」

「車が入らないですね」

「ええ、導入路を作りかけているんですけど。もう少し手を入れたら入るようになります」

「中を見せてください」

「どうぞ」

入った所が一間四方の土間で、全体は仕切りのない二十畳ほどの大広間になっている。左側に炊事場や風呂・トイレの水回りが集められ、右手前に囲炉裏がきってあり、自在鉤には木製の蓋がのっている黒い鉄鍋が掛けてある。壁際に取り付けられた垂直に近いような梯子を登ると屋根裏で、十人は寝られるほどのロフトである。十人前揃っているという寝具が、きっちり畳んで中程に積み上げられている。シンプルで感じがいい。

「どうぞ、お茶を入れますから」

の声で、囲炉裏を囲んで座り込んだ。プロパンガスを使っているというガスコンロですぐお茶が入った。

「お茶請けです。女房手作りのわさびの酢漬けで」

と、インスタントコーヒーの瓶に入っている残り少ない物を小皿に取って前に並べてくれる。わさびの葉を根と一緒に刻み、三杯酢であえたものである。

「沢を登り詰めると自生してるのがあるんですよ。女房は好きでよく作っていました。この辛味を出すのが難しいと自慢していました。これが最後です」

瓶を傾けて最後の一滴が落ちるのを確かめてから蓋を閉めた。ピリッとした辛みが鼻につんとくる。

「水は横の沢から引いています。一度会所に落として、炊事や風呂・トイレに分水しています。排水はタンクで自然処理をして谷に流すようになっています。会所は時々掃除しないと枯葉がつまるんです」

いろいろと細かい説明を聞きながらふと見ると、囲炉裏の横の棚に十センチほどの木彫の人形があるのに気が付いた。手慰みに小刀で荒削りをしたものだ。手にとってみると、程良い仕事が円空の仏像のようにも見える。

「これ、有賀さんの作ですか」

「お恥ずかしい。孫に作ってやったんですが、かっこうが悪いから要らないって断られました。そのまま置いて帰ってしまったんですよ」

「お孫さんは今？」

「アメリカにいます。いろいろありましてね。十歳ごろ父親に連れられてここに遊びに来てくれたんですが、それ以来音信不通です」

僕はこの山小屋に家庭の温かさを感じ、手仕事で自分なりに改造もできると密かな楽しみを見つけた気がした。

「私でよかったら、ここ使わせていただきたいです」

「有難うございます。これで肩の荷が下りました」

「少し、散歩でもしませんか」

有賀さんの後について林道を上りに向かって歩いた。二百メートルほど歩くと幅二十メートルほどの渓流にぶつかった。道は上りと下りの二又に分かれる。水の多い時には、このごつごつと折り重なっている大きな岩に水がぶつかり泡となって流れるんですと説明される。秋には紅葉はそれは見事で、休日には観光客で渋滞が起こるんです。あめの魚がよく釣れるんで渓流釣りのスポットとしてもよく知られているんですと説明が続く。

道を上りにとった。さらに百メートルほど歩くと沢の方に張り出している大きな岩にぶつかった。

「この下に深い淵があるんです。回り淵と呼ばれています。降りてみましょうか」

巨岩に沿って踏み跡ができていた。岩に体を預けるように手を突きながら慎重に下る。

岩の下に降りると青く淀んで底が見えないほどの深さの淵が現れた。ちょうど流れが曲がっている外側にあたるところで、川幅が広くなり対岸には三日月型の広い砂地がある。そこから淵に向かって釣り糸をたれている黄土色のライフ・ジャケットを付けた青年が二人いた。

「有賀さん、お久しぶりです」

と、向こうから声をかけてきた。

「ここの常連で、うちの小屋に泊まりにきたこともあるんです。釣りに興味がおありでしたら、彼らに相談したらいいですよ」

と、紹介された。

「下流の方には流れの緩やかな滑があって、水遊びができるんです」


梅雨が終わると、三田の山小屋通いがはじまった。やることが一杯あった。トタン屋根のさび止め塗り、前の空き地までの導入路造り、周辺の草取り、水回りの手直し等々炎天下での作業が続く。梅雨の後ずっと雨が降っていない。土がかなり固く締まっていて道造りには苦労する。「年寄りにはこたえる」と半分後悔しながらも時間の許す限り通い続けた。

始めのころは風呂を沸かしていたが、疲れた体ではだんだんおっくうになり、温泉に寄るようになった。六十代の夫婦二人でやっている県道わきの温泉宿である。昔は結構賑わった湯治場だったというが、今では日帰り客がたまに来るだけのこじんまりしたものである。木造平屋の建物で、入口を入るとすぐ十畳ほどの畳部屋があり、奥にある急な階段を降りると三畳ほどのヒノキの浴槽がある。かけ流しだというお湯は柔らかく疲れた体を存分に癒してくれる。頼めばうどんやどんぶりなども作ってくれる。

三田は温泉につかり夕飯を食べて帰るのか習慣になってきた。

「あー、ビールが飲みたい」

つい、一言がもれた。そばにいたおかみさんが、そっと冷えたビールをグラスにそそいだ。

「今のは冗談。車に乗れなくなるよ」

「じゃー、泊っていったらいいよ」

押し問答の末押し切られた。三田はグラスに口を付けてしまい、飲み続けて一晩厄介になった。おかみさんは宿泊代を取らなかった。

その日を境に妙な雰囲気になった。三田が畳部屋で食事をしていると、必ずといっていいほどご主人が傍に座っているのだ。最初は気にならなかったが、注意して見ているとご主人はテレビを見ている振りをしながらおかみさんとのやり取りを聞いているのだ。それに気がついて以来、三田は湯から上がると、おかみさんが勧める夕食を断ってすぐ車に乗り込むようになった。

「お元気ですか。デパートの屋上のビアホールで恒例の飲み会をやります。出席してもらえませんか。ＯＢにも声をかけているんです」

前の職場の親睦会から呼び出しがかかった。待ちかねて出席すると、

「以前より元気そうですね」

「えらく日焼けして、バイトでもやってるんですか」

と口々に声をかけられる。

「どうしたんですか。仕事してた時よりも元気そうじゃないですか」

と、二代目社長から肩を叩かれた。最近父親から社長職を引き継いだばかりの三十代の青年だ。小学生の子どもが二人いる。三田は山小屋の経緯と毎日の生活を冗談まじりで少し大げさに吹聴した。最後に惰性で、

「夏は涼しくていいですよ。夏休みに子どもさんを連れていらっしゃいませんか」

と、付け加えた。

「えっ、いいんですか。ぜひ寄らせてください。子どもにどこかに連れて行けとせがまれていたんです」

三田は内心しまったと思ったが、後には引けなかった。そばで聞いていた事務の嘉子さんが「私もいいでしょうか」とそっと囁いた。三十代の嘉子さんも二人の子持ちである。

「日が決まったら連絡してください。食事もこちらで準備しますから手ぶらでいらしてください」

職場で何かと便宜を図ってくれていた嘉子さんにも同じことを繰り返した。

学校の夏休みに入る直前若社長と嘉子さんから電話が入り、日程が決まった。八月に入るとすぐ、若社長の家族がくることになった。若社長夫妻と子ども二人の四人で、二泊三日のキャンプである。若社長の後一日置いて嘉子さんで、こちらも二泊三日である。三田は毎日ボカに通って

マスターやママに「何したらいいんだろうか」と相談しながら準備を進めた。子どもの好きなプログラムは何かとホームセンターに行って思いつくままに品定めし購入した。バーベキュー・セット、炭、着火剤、テント、マット、寝袋、コンクリート・ブロック、飯盒、捕虫網、虫籠などなど買い込んでいく。かなりの出費だが、自分ではよく分からない充実感を感じていた。

前庭の隅にブロックを積み飯盒炊飯用のコンロをつくり、飯盒で飯を炊いてみた。初めての経験である。マニュアルを見ながらテントも張ってみた。バーベキューセットで肉を焼き、水遊びのできるところや散策コースの下見もした。カブトムシ探しのルートも考えた。懐中電灯が人数分いるんじゃないかと、またホームセンターに足を運んだ。献立も作り食糧もそろえた。その間作業はお休みだが、快い緊張感のある毎日が続く。

日が近づくにつれ緊張感が増してくる。自分でもどうして緊張するのかよく分からない。カブトムシ探しに出てはみたものの、虫がいなかったらどうしよう。食事はおいしいと言ってくれるだろうか。子ども二人だけでテントに寝かせて大丈夫だろうか。子どもがけがをしたら大変だ。救急箱がいるじゃないか、など考えていると寝られなくなった。

いよいよミニキャンプが始まった。若社長夫妻は、三田に「お願いします」と子どもを預けると、日陰のハンモックで読書や昼寝の連続である。三田は夜明け前から朝食の準備を始め、日中は子どもを水遊びに連れて行き、帰ると食事の準備、日が暮れると懐中電灯片手にカブトムシ探しで森の中をうろつきまわった。子ども二人は一日中三田にぴったりとくっついたままである。

あっという間の三日間だった。一日遅れで来た嘉子さん一家も同じ流れだが、嘉子さんが「すみません」と言いながら少し手助けしてくれたので何とか無事に終えることができた。帰り際、嘉子さんは

「社長がお礼を言っといてほしいと言ってました。とてもよかったと社員に宣伝していましたよ。北川さんが近いうちに連絡するからって」

昼過ぎ、嘉子さん一家を送り出した三田は庭のベンチに虚脱したように身を横たえ、ため息をつきながらただ呆然としていた。頭の中は真っ白になっていた。何をする気も起こらない。「疲れた」と何度も口にする。「北川さんが連絡する」といった嘉子さんの言葉が頭の中を通り抜けた。

突然立ち上がった三田は、携帯電話の電源を切り、片付けもそこそこに入口の鍵をしっかりと掛けると山小屋を飛び出し温泉に向かった。お湯の中にどっぷりと浸かり「疲れた」と何度も口にする。逃げるように温泉を抜け出して家に帰りかけたが、思い直してＫＩ整形外科病院に向かった。

若い女医さんだった。

「腰が痛いんですが」

「腹ばいになって下さい。腰を出して」

診察台に上がりバンドを緩め、シャツをめくって背中をそっと出し腹ばいになった。突然、横

にいた若い女性の看護師がズボンの上をパンツごと掴むとずずっと太ももまで引っ張った。尻が丸出しになった。

「うー」

とうめくと、

「動かないで」

丹念に腰骨のあたりをなでまわしたあと、

「レントゲンをとりましょう」

しばらく待たされて、

「異常はないですよ。過労でしょう。電気を掛けますからリハビリ室に行ってください。それがすんだら受付の前で待っていてください。貼り薬をだします。お大事に」

休憩室を覗いたが茅部は来ていなかった。駐車場の隅にある小屋のような薬局で薬をもらい、いったん車に乗った三田は、何を思ったか車から降りた。そして病院の広い駐車場に車を置いたまま歩いて帰った。「会社の同僚に会わないように」と願いながらあたりを窺うようにそっと家に入るとすぐ留守電を確認したが、何も入っていなかった。翌日もその翌日も腰に電気をかけたあと、半日を病院で過ごし、夜はボカで時間をつぶし隠れるように家に帰った。携帯の電源は切ったまま、固定電話も留守電のままにしておいた。誰からの連絡もなくひとまず安堵のため息をついた。

なんとか夏休みも終わり、子どもたちが日焼けした顔をほころばせながら学校に通い始めると、三田の顔にもやっと安らぎの色が戻ってきた。そして、病院通いは終わりにし山小屋通いが復活した。町は残暑が厳しく太陽がまぶしかったが、山に入ると頬をなでる秋風が心地よかった。薄も穂を出し、確実に季節の変わり目が感じられるようになって来ていた。

「三田さん、大変です。すぐ来てください」

顔なじみの渓流釣りの若者の一人が飛び込んできた。

「女の人が回り淵に落ちたんです」

道路普請をしていた三田は、そのままの格好で走った。三百メートルほどの距離を若者について息を切らしながら走った。若者は時々止まって三田を待ちながら「早く、早く」と声をかける。

「心臓が止まりそうだ」と思いながらやっとの思いで回り淵にたどり着いた。もう一人の若者が待っており、側に横たわっている人の姿があった。幸いなことに水量が少なく、水の勢いも弱かった。ライフジャケットを付けていた二人はすぐ飛び込んで助け上げたという。少し水を飲んでいただけだったのですぐ気が付いたらしい。二十歳を越えたばかりのような女性が目をつむり頬のこけた青白い顔を横にして、ずぶ濡れの細身の体を砂の上に横たえていた。濡れた髪の毛が乱雑に乱れて顔に張り付いている。

「救急車呼びましょうか」

見ると、呼吸も正常のようだ。

「大丈夫ですか」

「はい」

とかすかな呟きが返ってきた。

「大丈夫みたいですよ。しばらくうちで休ませましょう」

ぐったりした体を、三人が交代でおぶって山小屋にかつぎこんだ。背中におぶさる時両手を肩に上げ体を預けて来たし、濡れた上着も自分で脱いだ。意識は確りしている。しかし、一言もしゃべらず、うっすらと涙を滲ませながら布団の中に身を横たえている。持ち物は何もない。若者の一人が、

「三田さん、ちょっと」

と、三田を物陰に呼んだ。

「あれ、自殺じゃないですか」

「えっ、観光客じゃないの」

「様子が変なんですよ。死なせてってつぶやいていたんですよ」

三田はコーヒーを入れて枕元に持っていった。

「コーヒーが入りましたよ、飲んでください。お名前は何ですか。連れはいないんですか。連絡先を教えてください。そうでないと、警察に連絡しますけどいいですか」

何回も問いかけるが一言も発せず、時間が過ぎて行く。

「僕たちはこれで」

と、若い二人は帰って行った。三田は囲炉裏の灰に埋めていた炭火を掘り起こし、鉄鍋を近づけて温めた。

「何も食べていないんでしょう。雑炊がありますから少しでも口に入れてください」

お椀に山菜雑炊を少し入れ、散蓮華を添えて枕元に置いた。

「外で仕事をしていますから」

と、外に出た。放りっぱなしの道具を片付け、部屋に戻るとコーヒーも雑炊も空になっていた。

「落ち着きましたか。だけど、困ったな。どうしたらいいのかな」

と、つぶやくと、

「すみません。ここに置いてください。帰るところがないんです」

か細い声がとぎれとぎれに聞こえた。

「そう言われてもね。警察に連絡してもいいですか。僕はこれから町に帰るんですよ」

「警察には言わないでください。もう、絶対にご迷惑はお掛けしませんから。一人で大丈夫ですから」

「名前だけでも教えてください」

「一二三エリといいます。あとは聞かないでください。落ち着いたら申し上げますから」

「女物は何もないです。男物でよかったらここに入ってます。食料はここにありますから自由に使ってください。明日また来ます」

仕方なく、小屋の鍵を渡して車に乗った。そして、その足で「ボカ」の入口をくぐった。

「大変なことになったよ」

と、今日一日の騒動を伝え、

「ママさん、女ものの下着をそろえてよ。洗面具も。明日持って行くから」

「明日、いますかね」

「分からない。だけど放っとくわけにはいかんでしょう。僕は女の相手は苦手なんだよ。ママさん一緒に行ってよ。おたくにも半分責任があるんだから」

しぶるママさんを説得し、翌朝六時過ぎに家を出た。

一二三エリは不在だった。しかし、部屋には人の温もりがあった。囲炉裏にはほのかに温かい雑炊の残っている鉄鍋がかけてあり、使った食器も囲炉裏端に置いたままだ。部屋の整理をしているとエリが帰ってきた。昨日に比べるとずいぶん明るい顔をしている。

「裏の山に登って来ました」

「よく道がわかりましたね」

「あちこち歩いていると、山に出たんです」

もう少し居させて欲しいというエリに荷物を渡し、携帯電話を貸すから緊急の時には電話をかけるように伝えて小屋を後にした。

町にはいろいろと雑用が待っている。その一つに「ボカ」でラテンのCDコンサートをしないかという話が持ち上がり、その世話人を押し付けられていた。詰めても二十五人程度しか入らない店を借りきってのコンサートだ。三田の頭の中は、一二三エリの問題とコンサートの問題がこんがらがってパンクしそうになっていた。

三田の生活は一変していた。曲の選定、プログラムの作成、DJの原稿作り、パンフレットの作成などちょっと思いついただけでも仕事が山のようにある。最も厄介なことは、人が多すぎたらどうするかという問題だ。別の会場を借りようかなど議論が沸騰するがいい案が出ない。三田の発案で、一回目は内間だけの会にして顔見知りだけが集まろうということになった。内容もタンゴとフォルク・ローレだけに絞ることにした。

さんざん迷った挙句パソコンを購入し、公民館のパソコン教室にも通い出した。プログラムをパソコンで作り、当日皆を驚かしてやろうという魂胆だ。

「これは電気のスイッチです。初めにスイッチを入れてあげます」と、傍に座った綺麗なインストラクターが丁寧に言った。「あれ、『あげます』は敬語じゃなかったのかな」と思ったけど黙っていた。

十月に入ったある日、少し早く出て山に向かった。移動性高気圧に覆われ快晴無風、放射冷却で朝方は冷えるとの予報が出ていた。案の定、山に入ると濃い霧の中に入り、フォグランプをつけて徐行の登りとなった。一二三エリは、そのまま小屋に居続けている。しかし、三田が小屋に着いた時にはエリは居なかった。鍵はかかっていない。三田は熱いお茶を入れ、飲みながらエリを待った。十時過ぎてから戻ってきたその顔は晴れやかに輝いているが、泣いた後なのか目は真っ赤に充血している。手に有賀老人が手彫りしたという人形が握られていた。

「どうしたんですか」

「山がすごかったんです。裏のピークから向こうの山並みまで雲海に埋め尽くされ、その向こうから太陽が登ったんです。太陽が登るにつれ色が変わっていくんです。七色に変わる雲と光だけ、音もなんにも無い。光が私を射した瞬間から涙が溢れ出て止まらなくなりました。神様が新しい生命をくださったみたいです」

「神様はあなたを見捨ててないんだよ。僕も見たかったな」

「明日一緒に登りましょう」

「泊まる準備してきてないんだよ。その変な人形持って行ったの」

「毎日見てると何かいとおしくて、一緒に連れて行きました」

「今から帰って準備して、もう一度来ようか」

「お願いがあるんですけど。町でバイオリンを買いたいんですけど」

「えっ、バイオリン？　バイオリン弾けるの？」

「あのー、雲海の上の光の中で弾いてみたいんです。神様に捧げるっていうのはちょっと大げさかな。本当はお母さんに聴いてほしいんです。お母さんとは十年以上会ってないんです。もしかしたら死んでるかも」

エリの顔に恥じらいの微笑みが浮かんだ。初めて見る笑顔だった。この笑顔を消してはならないと決心し、そのまま町に降りて楽器屋に向かった。

「お金はあるの」

「ポケットにカードが入っていたんです。それで、郵便局に寄っていただけませんか」

この町唯一の楽器屋の壁には何本かのバイオリンがかけてあった。その一本を手に取ると、丁寧にチューニングし、抱え直すと一息置いて弓を引いた。なんの迷いもない音が、驚くほどの響きをもって店内を満たした。三田の聴いたことのない曲だったが、その素晴らしい音色から只者でないとの感触が伝わった。奥から主人が飛び出してきた。

「今弾いたのはあなたですか。たしかシャコンヌですね」

出した名刺に地元オーケストラの理事長や合唱連盟顧問など、えらい肩書きがずらりとならんでいる。

「どこかのオーケストラのメンバーですか。どこで勉強なさったんですか」

などと、矢継ぎ早に問いかけてくる。

エリは郵便局で下ろしたての現金十万円を払い、必要な雑貨や食料をスーパーでそろえ、三田は自宅によりエリに夕食を食べさせてから山に向かった。

山小屋に着くとエリはすぐ中二階に上がり横になったが、三田は囲炉裏の火を見つめながら地酒を少しずつ口に含み、いままでの出来事を繰り返し繰り返し思い出していた。三田は彼女に女を感じ始めていた。このままでいいのだろうか、彼女はいったい何者なのか、これからどんな流れになるのかと思うとなかなか寝付けなかった。

朝は早かった。山小屋の外はびっしりと霧に包まれ、懐中電灯の光が灯台の光芒のように明確な筋になって霧の中を彷徨う。ピークまで一時間はかかる。懐中電灯を頼りに山道を進む。エリは歩き慣れている感じで、濃い霧の中をなんの躊躇いもなく進んでいく。少し離れるとエリの背中が見えなくなる。その影を見失わないように付いて行くのがやっとだった。日の出前にピークに着けた。エリはすぐバイオリンの準備をし日の出を待った。

東の空が茜色に染まり、稜線の一点が少しずつ輝きを増して来る。東の山並みから自分の足元まで凸凹の灰色の絨毯を敷き詰めたような雲が埋め尽くし、雲の海原に自分の足元だけが小さな島のように浮いている。静止している雲はない。凸凹の絨毯は一部がすっと上昇したかと思うと、薄くなってすっと消えてしまう。凸凹がさらに波打ち、いくつかの凸凹が並んだまま横に移動していく。音の無い世界だった。雲の波が灰色からややピンクに染まったかと思うとさっと雲の縁が光り輝き始めた。エリは弓を引いた。影が薄黒く、光った部分を一層際立たせる。あっと思う間もなく空気全体が輝き始めた。

その中にエリのバイオリンから流れ出る音が広がっていく。光の動きに合わせたかのようなメロディーが緩やかにそして激しく空気を震わせる。日の出の饗宴はあっという間に終わった。霧が登り始め谷底が覗けるようになり、そして谷底に光が届き始める。

エリの目に涙が見られた。

「どうしたの」

「なんて言ったらいいのか。ただ胸がいっぱいで。天国で弾いてるみたいでした。お母さん、聴いてくれたかな」

「今の曲は何ていう曲？」

「バッハのシャコンヌです。お母さんが好きだったんです」

「きっと聴いてるよ。さあ、下りよう」

「朝ごはん、私が作ります。雑炊でいいですか。わさびの酢漬けもあります」

「わさび？ あなたが作ったの？」

「いえ、温泉宿のおかみさんにもらったんです。作り方教えてもらいましたから、今度自分で作ります。そこの沢を上に詰めたところに自然のわさび田があるんです」

何か吹っ切れたような弾んだ声が三田の耳にとどいた。いったいいつの間に温泉宿まで降りたのか、三田は喜んでいいのかどうか何か落ち着かない気持ちになった。

三田はエリと並んで、「ボカ」のカウンターに座った。

「チリワインの白、グラスで。エリさんは何にする？」

「私はジンジャーエールを」

グラスを傾けていると、マスターが声をかけてきた。

「そうやって座っていると親子みたいですね」

「恋人には見えない？」

「そりゃー無理でしょう。エリさんが迷惑ですよ」

三田はちょっとした落胆と安堵感の混ざった複雑な心地になったが、黙ってグラスを口に運んだ。

「ところであの隅にいる外人さんは何者？」

と、テーブル席でワインを楽しんでいる体の大きい老夫婦らしいカップルに視線を送った。この店で外国人客を目にすることは珍しくないが、初めての客らしい。

「いや、わからない。一時間ほど前から来てるんですよ」

その、男性が席をたってカウンターに肩肘ついてもたれかかり、マスターに早口で声をかけた。少しは話せるマスターだが
「えっ、分からないよ。困ったなー」

両手を広げておおげさに「ノー・エンティエンド」と首を横に振った。そばで見ていたエリが口をはさんだ。驚くほど達者なやりとりだった。男性は溢れるような笑顔でエリの横に座り込むと早口でしゃべりまくり、エリは全く違和感もなく自然に対応している。皆は呆れ顔でそれを見

ているだけだった。男性はエリの手をとると、テーブル席に連れて行き、三人で額を突き合わせるように話込んでいる。

「エリって何者？」

マスターがささやくように聞いてくる。三田はだまって首を横にふるだけだった。

「今のは確かスペイン語だったけど、エリさんはしゃべれるんだ」

エリがカウンターに戻ってきた。

「あのスペイン人夫婦が日本の田舎を体験したいんだって。どうしたらいいでしょうか」

「山小屋体験っていうのはどう。だけど今話してたのはスペイン語でしょう」

「ええ、久しぶりにスペイン語が話せたって喜んでいました。山小屋でいいかどうか聞いてきます」

三田とマスターは、話しこんでいるエリの姿をじっと見ているだけだった。

「山小屋でいいって言ってます。三田さんお願いできますか」

「いいけど、何をするの？」

「後で相談にのってください。二泊三日で」

スペイン人夫妻はこの町に一週間滞在するという。エリがスケジュールを作るから明日もう一度ここに来て欲しいと伝えると、顔をほころばせ、

「アスタ・マニャーナ」

と、店を出て行った。

ママさんも入れて四人で頭を突き合わせた。夏休みの経験で一応下地はできている。しかし、外国人の大人となると全く同じというわけにはいかない。

温泉がいいよ、蕎麦打ちはどう？　山小屋の近くに草木染めをしている人がいるよ、日本音楽も入れたら等いろいろなアイディアが出てくる。

「二泊三日、一人一万円じゃ安いかな？」

「えっ、お金取るの？」

「もちろん。ビジネスです」

エリの言葉に三田とマスターは顔を見合わせ、肩をすぼめた。話し合った結果を三田がまとめて明日持ってくることにし、解散した。

三田とエリは、楽器屋に寄って訳を話し、日本音楽を教えてくれる人を紹介してくれるように頼んだ。

「お安い御用です。懇意にしているお琴の先生に頼んでみます。三味線もできる人です」

と、すぐ電話をかけてくれた。

「オーケーです。ところで、私の方にもお願いがあるんですれど」

「何でしょうか」

「十一月に地元のオーケストラの定期演奏会があるんです。その時、エリさんに一曲弾いていただきたいんですが」

　とんでもないと辞退したエリだったが、店長の強引な押しに引き受けざるを得なかった。

「それでは、バッハのシャコンヌを」

「ありがとうございます。それこそ聴きたかった曲です。しかし、シャコンヌと言えば重音が続く難曲として知られていますけど、どこで勉強なさったのですか」

「ジュリアードで」

「えっ、ニューヨークのジュリアード音楽院で？」

「いえ、中退なんです」

「これは本物だ。楽しみです」

　満面の笑みで、店主は何回も頭を下げ続けた。三田は頭の中で絡みあった糸がますます解けなくなっていくのを感じていた。途中、町の概要を説明した英語のパンフレットをもらうため国際交流センターによると、そこに担当者を困らせていたアメリカ人の老夫婦がいた。エリは助け舟を出し、両方を納得させた。田舎の方言が強くて分かりにくい英語ですと帰りながらこぼす。そして、

「あの夫婦も山小屋に連れて行くことにしました。一万円のオプショナル・ツアーはどう？って誘ったらすぐ乗ってきたんです」

　えっと、声が出かかったのをかろうじて飲み込んだ。

「アメリカに留学してたの？」

「高校の時からアメリカの音楽学校に行ってたんです。十一歳の時に父親の居るパナマに渡ってそこからアメリカに留学したんです」

「どおりでスペイン語も英語も達者なはずだ」

国際交流センターを出るとき、三田はこういう者ですと名刺を出して挨拶し、

「もし、外国人で日本の田舎体験をしたい人や、この町のガイドが必要な人があれば紹介してください」

と付け加えた。

翌日、「ボカ」で顔を合わせ、エリは「私もスケジュールを考えて来ました」と、バッグからコピーを取り出した。その時、一緒にあの木彫の人形が転がり出てきてテーブルの下にころげ落ちた。

「えらくお気に入りだね」

三田は、拾い上げながら誰に言うともなく、ポツリと呟いた。

「ええ、おじいちゃんが私に作ってくれたものなんで」

「えっ、おじいちゃん？」

三田は耳を疑ってマスターの顔を見た。マスターも目を見開いて三田の顔を見つめた。

「おじいちゃんって、有賀さんのことですか」

エリもびっくりして三田の顔を見つめた。しまったといった不安そうな光が目に満ちている。

「有賀さんって、本当のおじいちゃん？」

エリは、うつむいたまま首を小さく縦に振った。

「すぐ連絡した方がいいよ」の三田の声に、マスターはあわてて受話器を持った。

連絡を受けた有賀さんはすぐタクシーで駆けつけてくれた。

「エリ子なんだね。間違いないね」

有賀さんはエリを一眼見るなり抱き寄せ、「よかった」と繰り返しながら目をつむってじっとしている。エリは大粒の涙を流しながら、有賀さんの胸に顔をうずめたままだ。三田たちはそれを呆然と見ているだけだった。

「お父さんは元気？」

「元気なんだけど、パナマ人と結婚したんです。今コロンビアにいます」

「そう。ところであのクレモナのバイオリンはどうしたの？」

「売ってしまいました。帰ってくる旅費がなかったので。本当は何もかもいやになって。バイオリンを見るのもいやになったんです」

そこまで言うとエリの目から大粒の涙が溢れ出した。

「辛いことがあったんだろうね」

有賀さんはエリの肩を抱いて店の隅の席に連れて行った。三田たちはカウンターで黙ってグラスを見つめたまま、しばらく時が流れた。

「ご心配おかけしました。エリ子は私の孫です。皆様には本当のことを申し上げなければなりませんね。ここだけの話にしていただきたいんですが」

皆は顔を見合わせながら頷いた。

「父親は商社マンで、何年も単身でパナマに駐在していました。エリ子、この子の本名は有賀エリ子です。エリ子は東京で母親と暮らしていました。そのうち母親に恋人ができたんです。父親は怒って離婚し、エリ子は父親が引き取ってパナマ暮らしが始まったんです。パナマに行く前に、確か十歳ぐらいの時、私のところに遊びにきて、この山小屋で何日か一緒に暮らしたんです。裏山にも何回か連れて登りました。この人形はその時私が彫ってやったんですが、エリ子はそれを覚えていてくれたんです」

「それで山のこともよく知っているんですね」

「ええ、懐かしくて夢中で登ったら、そこでご来光を見て新しい命をもらったそうです」

「さっき、クレモナっておっしゃいましたね。イタリアのクレモナ市のことですね。そこのバイオリンって何百万円もするんじゃないですか」

「ジュリアードの入学記念に私が買ってやったんです」

「それをどうして手放して帰って来たんですか」

「自分で話します」

エリ子が口を挟んだ。

「英語がパナマ訛りで下手だったんです。みんなに馬鹿にされて。特に一人の女がイエロー・キャブとまで言って絡んでくるんです」

「アメリカでは人種差別は付いて回るんでしょう。みんなそれに耐えて頑張って来ているんでは」

「それだけじゃないんです」

一言言うと、エリ子は言葉を止め、下を向いて何かに耐えていた。そして、

「レイプされたんです」

吐き出すように言うと、後は言葉にならなかった。三田は息が止まった。闇夜のような静寂がしばらく続いた。有賀さんがゆっくりと話し出した。

「東京に帰ってきても母親の行方が知れない。生死も分からない。それで私を頼ってこの町に来たら家は閉まったままで私はいない。思い出の別荘を覗いたら知らない人が住んでいる。完全に生きるすべを無くしてしまって、身を投げたというんです。だけど、皆さんのおかげで命を長らえました。ありがとうございました」

「ご縁があってエリさん、いや、エリ子さんとお知り合いになれました。本当によかったです。私たちこそ感謝したいです」

三田は素直に頭を下げた。

「エリ子は町の私の家に引き取ります。施設の方はそのままにしておいて、当分町でエリ子と一

緒に暮らします。三田さんには、山小屋を使わせていただいてご迷惑をおかけしました」

有賀はうれしそうに皆を見まわした。

「私も生きがいができました。この子のためにもまだまだ頑張らなきゃ」

マスターが口をはさんだ。

「皆で、外国人相手のボランティアをしませんか。このメンバーだったらできると思うんですが」

「ボランティアって、何を？」

「町の案内だとか、ツアーの計画だとか」

「無料ですするんですか」

「完全に無料だったら長続きしないと思いますよ。実費は頂かなくちゃ」

「できるかもしれないね。やってみましょうよ」

「ここのお客さんなんかも、メンバーに入ってもらって」

「宣伝用のパンフレットなんか作ったらいいね」

有賀さんの言葉に、皆は一斉に三田の顔を見つめた。

「えっ、何ですか。まさか僕に作れと」

「パソコン買ったのでしょう」

「今、練習中ですよ。それにコンサートのプログラムもできてないのに」

「一緒に作ったらいいじゃないの」

「そんな無責任なことを。ほんと死にそうだよ」

「これで決まりね。とりあえず、あの外国人四人の滞在スケジュールを煮詰めないと。三田さん、スケジュールの説明をしてくださいよ」

ママの言葉に皆はうなずいた。

「ああいそがしい。体がいくつあっても足りないよ」

三田はぼやきながらコピーを皆に配った。三田の顔は緊張の中に輝きがあふれているとエリ子は感じた。

「ボカ」の灯は、閉店時間を過ぎても点ったままだった。

下宿

下　宿

I

首筋から密かに忍び込む未明の冷気に、無意識に毛布を引っ張り上げて顎まで隠し、再び身を包む柔らかな眠気に心を委ねようとしたとき、枕もとの電話の音がけたたましく頭の芯を貫いた。反射的に毛布の中に顔を埋めたが、音は容赦なく毛布を突き抜けてくる。

「何だ、今頃」

舌打ちしながらそろりと手を伸ばし、枕元灯のスイッチをいれ眼だけ泳がせて時計の文字盤を視線にとらえる。七時前だ。一月の七時はまだ闇の中だ。電話はこちらの心中など全く無視したように断続的に闇を切り裂く様な高音を放ち続けている。乱暴に受話器を取り上げた。

「もしもし」

不快感が相手に伝わるように速めの声をだした。

「おはようございます。李です」

僕の心を無視するような明るい声が返ってきた。

「どこの李さん？」

「上海の李です」

頭が少し目覚めはじめた。

「えっ、李さん？　今どこにいるの？　どうしたの、今頃」

「メイメイが今から行きますから、よろしくお願いします」

「えっ、どこに行くの？」

「先生の家です」

「えっ、なんで？」

「この前お話ししたように、そちらの大学に行くことになりました」

そういえば何年か前、李さんの娘のメイメイが日本の大学に行きたいとの希望を持っているといった話は聞いたことがあるような気がする。しかし、その後決まったともいつ行くとも何の連絡もない。

「一人住まいだから来てくれたらうれしい。来さえすればあとはこちらが全部面倒を見るから安心して」といった返事をしたような気がする。突然何の前触れもなく、今日行くからと言われてもそのままオーケーと言えるわけがない。

「上海を九時ごろ出ますから、そちらには昼過ぎに着くと思います。空港に迎えに来て下さい。今からメイメイを連れて家を出ます。飛行機には一人で乗せます。初めての一人の旅行ですから心配です」

早口でまくしたてた電話はそこでプツンと切れた。僕は冷え切った上半身に気が付いて、あわてて毛布にもぐり込んだ。体が温まってくると無性に腹が立ってくる。しかし、腹が立っても現状を受け入れざるえない習性は元教師の性なのか。

二十数年前、李さんは僕の母校の大学に留学してきていて、国際交流のパーティーで知りあった。当時日本語教師をしていた僕は気軽く日本語指導を引き受け、それ以来何かにつけ行き来する付き合いを続けている。李さんは卒業後帰国し、高校の英語教師になった。間もなく今のご主人と知り合い結婚した。土木工学が専門という彼は、大学工学部の講師をしながら大手建設会社の技術顧問を兼ねているという。僕は上海での結婚式に招待され出席した。

それから二十年。メイメイの本名は張梅麗。中国では結婚しても改姓しないので、一人娘のメイメイは父親の姓の張を継いで、母親とは別姓である。梅麗は、家族や親しい者の間では今だにメイメイという幼児の時の愛称で呼ばれている。

もう一度、李さんの言葉をゆっくりと反芻した。九時過ぎに上海を出発する。時差があるから日本時間では十時過ぎになる。昼過ぎに空港に着くから迎えに来て、後はそちらで面倒見てほしいということだ、と再確認をした。メイメイとは、ぼくが数年前上海を訪れ李さんの家に一週間ほど厄介になって以来の再会である。二十歳になったということなので、ずいぶん娘らしくなっているだろうなと思う。上海滞在中は、いつもメイメイの部屋とベッドを独占させてもらっているので、できるだけのことをしてやらねばとやや心が落ち着いてきた。

しかし、使わせるつもりの二階の部屋は風も入れてないし掃除もしていない。ここ何日覗いてもいなかった。片づけ途中の荷物が散乱したままだ。早く掃除をしないと。布団もマットも日に当てないと、食事は自炊だろうかなどと、うつらうつらしている頭の中に浮かんでは消え、消えては浮かんでくる。

妻が長期入院しているので、全部僕がしなければいけない。その前に病院に行って妻に一言了解を求めなければ。しかし、妻が退院してきたら部屋が足らないんじゃないかなどと考えているとまとまりがつかなくなってくる。

「ややこしいことは苦手だ。なるようにしかならないだろう」と何も考えないことにして、もう一度毛布にもぐりこんだ。

白み始めた窓を見て意を決してベッドから出た。冬には珍しくいい天気だ。二階の窓を開け放し掃除を始めた。六畳の和室と四畳半の和室の二間がある二階だが、取り合えず六畳の方を使わすことにして、散らかっている荷物や押し入れの中身を四畳半の方に移動した。布団も日に干した。ばたばたしていると、あっという間に昼前になった。あわててカップヌードルをかきこみ空港に車を飛ばす。駐車場がいっぱいで、いらいらする。やっと空きを見つけて到着ロビーに駆け付けると飛行機は少し遅れるとのことだった。

大きな目をいっぱいに見開いて、メイメイが到着ロビーのドアから顔を現したのはしばらくたってからだった。中国人は全員荷物を開けて調べられたと言いながらにこにこと手を振ってくれた。数年前に比べて父親似の細面の顔も体も少し肉付きが良くなっていた。娘らしくなったと言っていいのだろうか。身長もずいぶん伸びた気がする。一六〇センチの僕とほとんど同じ高さだ。肩までの髪は無造作に後ろで一つに束ね赤い髪留めを付けている。化粧気のない顔は若さにあふれ、眼がきらきらと輝いている。うすいピンク色のブラウスと灰色のパンツ姿で、中国人としては地味な格好である。母親に指示されたのか、自分の好みなのか、物堅い性格が読み取れるようだ。

「こんにちは」

と、上海で日本語学校に通って覚えたというやや癖のあるアクセントで挨拶した。

「ひとりで大丈夫だった?」

「大丈夫です」

と、微妙な答えが返ってくる。

「これは、お父さんからのお土産です」

と大きな袋を差し出した。中にひまわりの種がびっしりとつまっている。上海の家に泊まった時、「おいしいね」と言ったのを覚えていてくれたんだと、ややうれしい気持にはなったが、「おいしいはお世辞の一つ」といった日本の心にまでは気が回らなかったのか。実は、体の事情が少し変わっているのだ。

「歯が悪くなってね。今は歯の隙間に入って上手に食べられないんだよ。うれしいんだけど」

ハムスターでも飼って餌にするかと内心秘かに思う。

「先生と呼んでもいいですか」

「どうして」

「お母さんの先生だから、私にも先生です」

「名前で呼ばれるのも何か変だから先生でいいよ。僕は日本のお父さんのつもりだからね、何でも相談してちょうだい」

子どものいない僕にとっては、娘を授かったみたいなものだ。

――冷蔵庫はこの段を使ってちょうだい。シャワーはこうやって出すんだけど、冬の間はお風呂にするんだよ。えっ、お風呂に入ったことないの。一緒に入るわけにはいけないし。じゃ今度温泉に連れていくよ。それまでシャワーで我慢してね。台所は自由に使ってちょうだい。ガスを使った後はこの元栓を閉めてね、必要なものは言ってくれたらすぐ買ってくるから。トイレの使い方分かる？　ウォシュレットって言うんだけど、日本語で書いてあるから分かるよね。一度全部のボタン押してみて調べてちょうだい。部屋代はいらないよ。何でも自由に使ったらいいからね。合鍵はこれだよ。渡しておくからね。小遣いあるの？　えっ、小遣いの意味？　自分のお金のこと。あっ、人民元だけ、じゃ、両替するまでこれ貸しておこうかね。等々――

何をどんな順番で説明したか分からなくなったが、浮き立つ心を抑えながら思いつくままにしゃべりまくった。話している方が分からなくなるんだから、聞いている方はさぞかし困っただろうが、徐々に慣れるだろう。

話している間に、今まで気がつかなかったことも出てきた。トイレははき替えたスリッパが外に置いてあるから使用中かどうか分かるが、風呂は分からない。覗くわけにはいかないので「使用中」の札を作った方がいいのだろうか。バスタオルを買ってこないといけないなー、女物ってあるのかな。

夕食は、デパ地下で買っておいたものを電子レンジで「チン」してすました。自炊をしたいというので、明日スーパーに行こうと約束した。何はともあれ、どたばたした一日が足早く暮れて行った。

真夜中に「ゴトン」と音がしてハッと飛び起きて息を殺す。「ああそうか、今日から二階にメイメイがいるんだ」とほっと一息入れて、もう一度ベッドにもぐりこんだ。一人の時は小さな物音にも神経を逆立て、家中の電気をつけて音の方向をそっと窺ったものだった。

家の中で安心できる音が聞こえるとはなんと幸せなことか。寝付きもよく、朝も安心して寝過ごすことができる。何の心配もなくベッドに入ったままで、ドアを開ける音、ドアを閉める音、階段のきしむ音を心地よく聞くことができるのだ。

二階の六畳の和室と四畳半の和室は両方共北向きなので少し暗い。しかし、南側に二部屋をつなぐように広めの板張りの廊下があり、廊下の西側がトイレと洗面台、東側に押入れが付いていている。和室の二間とも押入れがあって収納量には問題はないのだが、現在は四畳半の方は物置代わりとなっているので、実際に使えるのは六畳一間ということになる。メイメイの荷物はスーツケース一個と手荷物だけなので、おいおい整理しながら必要なものを購入していったらいいと気楽に考えていた。洋服ダンスや小物入れにはまだ品物が入ったままなので、近いうちに空にするからと説明した。

南側の廊下は一面ガラス張りなので、冬はサンルーム並みに明るく快適である。廊下に小ぶりの椅子とテーブルを置いて、日当たりのよい日にはくつろげるようにした。勉強机も廊下に置いた。あと部屋をどう使うかは本人に任せることにし、四畳半の方はそのうち片づけるからと伝え、エアコンの使い方も教えた。

一階は台所と書斎兼応接間にしている十畳ほどの部屋と六畳の僕の居室、あとトイレ・洗面所・風呂場だけだ。僕の居室以外は自由に使っていいといった。下宿人というよりは新しい家族である。

「何でも相談してちょうだい。だけど、大学のことは何も分からないよ」

「大丈夫です。中国人留学生学友会というのがあって、そこの先輩が全部教えてくれるし、手続きなんかやってくれるんです」

家の中が急に華やかになった。今まで地味な色合いばかりだった中に、赤やピンクの色が混じり始めた。その数が毎日徐々に増えていく。色ばかりではない。空気も変わった。冷たく湿っぽく沈んだように動かなかった空気が、温まり対流の始まった鍋の中のように流れ始め、心を浮き立たせるフェロモンが漂い始めたのだ。

ややせっかちなメイメイは、階段の上り下りも駆け足である。重たいメイメイが階段を駆け上がると家全体に何事が起ったのかといった地響きが生じる。築四十年の古屋敷は悲鳴を上げるのだ。だが、僕には心地よい振動が伝わる。久しぶりの心躍る騒音なのだ。

しかし、僕はちょっと困った。二階のベランダにある物干し場は、メイメイの部屋を通らなければならない。四畳半の方は通り抜け出来ないくらいに荷物が詰まっている。メイメイの部屋をそっとノックしても返事がない。

「洗濯物を干すので、ちょっと通らしてよ」

と声をかけたが反応がない。そろそろと戸を開け覗くと不在だった。いつの間に出かけたのか気がつかなかった。部屋の中は散らかっている。つま先立ちで通り抜けベランダに出たとたんぎょっとなった。物干し竿に派手なメイメイの下着がずらりと並んでいた。目のやり場を失い、見てはいけないものを見てしまった罪悪感にとらわれあわてて下におりた。仕方がない。玄関横の軒先に紐を輪にしてぶら下げ、二メートルほどの棒を通して臨時の物干し場を作った。

少しでも日本語を勉強したいし、受験勉強もしなければというので、市内にある専門学校の日本語科に聴講生として入学させてもらった。友達もでき、行動範囲は徐々に広がっているようだった。

二月に入った。

「来週、中国のお正月です。水餃子を作りますから一緒に食べましょう」

「それは楽しみだな」

「水餃子、作ったことありますか？」

「いいや」

「じゃ、一緒に作りましょう。私教えます」

その日は買出しから始まって一日付き合うことになった。昼過ぎになると男女の友達が四人やってきて、一緒に作り始めた。友達が来るなんて聞いてなかったので少し戸惑った。必要な食器や道具は勝手に食器棚から出して使っている。小言は言わないことにして静観するが、今までほとんど使ったことのない客用の九谷焼の皿まで気がつかない間に食器棚から持ち出されて使われていて、ちょっと心に波が立った。小麦粉を練って生地を作る者、白菜を刻んで具を作る者と手際よく作業が進むのを感心して覗き込む。台所のテーブルの上に餅を丸める時のように白い粉をまき、小さくちぎった生地を小さなすりこぎのような麺棒で円く平らにのばして皮を作る。それに具を包み込んでいく。包む時にちょっと一ひねりすると形の良い餃子が出来上がる。メイメイが一つ一つ手を取るように教えてくれるのだが、もともと料理にあまり興味を持てない僕はすぐ飽きてしまった。

　大きなバットにひねられた餃子が次々と並べられる。ある程度数がまとまると沸きあがったお湯の中に落とし込んでいく。作る数は半端じゃない。三百個にもなった。

「正月の前の夜は、家族みんなが集まって餃子を作るんです」

と、誰かが説明してくれる。

　五人が交代で僕に教えてくれようとするのだが、いつまでたっても要領がつかめない僕に愛想をつかしたのか、だんだんと友達同士のおしゃべりだけになってしまい、僕は完全に意識の外に置かれてしまった。そっと自分の部屋に帰っても、誰も何とも言ってくれない。そのうちメイメイが、

「先生、大丈夫ですか。できましたから一緒に食べましょう」

と呼びに来てくれ、愛想笑いを作りながら席に着くことができた。


　入学式の後、晴れ晴れとした顔で帰って来た。

「サイクリングクラブにはいりました。今から新人歓迎のコンパがあるんで、行ってきます」

「どうしてサイクリングクラブに入ったの？」

「せっかく日本に来たのだからいろいろ見学したいでしょう。だけどバスは高いでしょう。自転

車だったらただで行けるでしょう」

「自転車はどうするの？」

「先輩にただでもらいました。学校も自転車で行きます」

「普通の自転車で、サイクリングなんて大変だよ」

「がんばります」

「自分で決めたの？」

「いいえ、先輩に勧められたんです」

「どんな先輩？」

「学友会の役員をしている先輩です。今度の日曜日、その先輩と海を見に行きます」

「上海は海のそばでしょう。海なんて珍しくないでしょう」

「上海の海は汚いので、行ったことないんです」

「交通事故に気を付けてね」

何が大変なのか分かっているのかなとも思ったが、何事も経験からとそれ以上は口を出さない。

数日後僕を見つけると、メイメイは目を輝かせ、「お願いがあります」と早口で頼みごとをまくしたてた。

「植木鉢を貸して下さい」

「どうしたの？」

「植えるんです」

「何を？」

「野菜」

「いいけど。その時はね、言葉を区切らないで、『野菜を植えたいんですが、植木鉢を貸して下さい』と言ったほうが分かりやすいんだよ」

「長い文章は難しいんです」

「そうだね。だけど、日本語が上手になるためには長い文章に挑戦しなくちゃ」

「はい、がんばります」

「それから、『貸してください』よりは『貸していただけませんか』の方が丁寧だよ」

「敬語ですね。敬語は難しいです」

時々、元日本語教師らしいアドバイスをすることもあるが、最近は何事も面倒くさくなりメイメイの言葉づかいが気になっても無視することが多くなった。


メイメイが植えたトマトやなす、ししとうなどが順調に生育している。日本は野菜が高いから困る、畑があったら自分で作るのだがと友達が言っていたのを聞いて始めたのだと言う。ちゃんと最後まで責任もってやりなさいよと言うと、「はい、分かりました。お母さんが電話で先生の分も作りなさい、といいました」と言う。

「僕の分はいいよ。自分で作ったものは自分で食べなさい」

と言うとこくりとうなずく。素直で明るく気持のいいメイメイである。

ある日、メイメイの出かける格好を見て「えっ」と声が出た。

「何、その格好」

破れた半ズボンのジーンズに胸が覗けるようなブラウスを着ている。初めて見るメイメイの姿だった。

「そんな破れたものを着ないで、ちゃんとしたものを着なさいよ」

「これ、私が破ったんです」

「どうして？」

「今はやりのファッションです。友達はみんな着てるんです」

その夜、キュウリの輪切りを顔じゅうに張り付けたメイメイが台所に立っていた。翌日には青色の大きなふわふわのボールを抱えて帰宅したメイメイは、

「応接間を使ってもいいですか」

と言うと、ソファーを片隅に片づけ、腹ばいになるような格好でボールの上に乗って両足・両手をばたばたと動かし始めた。

「何してるの？　蛙みたいだね」

「今日からダイエットするんです」

「誰に入れ知恵されたのかしらんけど、日本人の変なところをまねしなさんなよ。いいところをまねしなさい」

家の中にはほのかなコロンの香りも漂い始めた。唇の赤味が少し増したような気がする。台所に立つメイメイの体は、日一日と露出面積が増えていく。僕は狭い台所でいっしょにいるのに気遅れし始めた。「いっしょに食べましょう」と言われても、何かと理由をつけては食事時間をずらすようになった。

梅雨も明け、夏休みが近づいてきた。

「夏休みになったらすぐ、留学生の研修旅行があるんです。三泊四日で九州に行きます」

「へえー、いいね。旅費高いんじゃないの」

「いいえ、大学が全部出してくれるんです」

「えー、すごいね」

「野菜どうしましょうか」

「どうするって、持って行くつもり？」

「いいえ、水です」

「しかたない。僕がやるよ」

「有難うございます。それから友達の犬がいるんですけど」

「うーん、あずかって欲しいんだろう。一緒に面倒みるよ。連れてきなさい」

「有難うございます」

「あんまり有り難くないよ」

二か月ある夏休み中、クラブの合宿やら国際交流のキャンプ、はてはバイト先の居酒屋の慰安旅行など日本の夏を存分に楽しんでいるようだったが、そのつど肩をすぼめるようにして「すみません。野菜の……」と言いかけ、「大丈夫。水はちゃんとやっとくよ」との僕の言葉を待っているようににこりと笑顔を見せる。メイメイと二人でのんびり旅行でもと思っていた僕の夏は、野菜の水やりや犬の散歩やら金魚のえさやりやら雑用ばかりであっという間に終わってしまった。庭の雑草は伸び放題である。

III

二か月ある夏休みが終わり少なくなったころ、この数日メイメイの顔を見ていないことに気がついた。活動範囲の広がったメイメイは僕の知らない空間を持つようになってきているので、個人的なことには立ち入らないようにと気を遣っていたのだが、気になりだすと心配になってきた。同じ家なのだからどんなにそっと出入りしても気が付くはずだと思うと寝付けなくなった。玄関の鍵は合鍵を渡しているのだが、入ってから内側にチエンを掛けるようになっているので、帰ったかどうかは鍵を見れば見当はつく。

靴もない。念のためと夜中に二階に上がって見るとやはりいなかった。無断で外泊しているのだ。困った、どうしよう。上海の母親に電話を入れようか。その前に本人に会わなければと眠れないままの夜が続く。

午後三時ごろ、メイメイが帰ってきた。いつもは僕は妻の病院に行っている時間なのだが、この日は家でじっと待っていた。僕の留守の時間を予測して帰ってきたらしい。メイメイも気が咎めているのか、玄関の戸をそっと開けると、中を窺うように間をおいた後でそっと足をさし入れた。

「メイメイ」

玄関横の応接間から声を掛けると、びっくりしたように大きく眼を見開き、一瞬僕の顔を見つめた後うつむいて「ハイ」と小さな声で答えた。

「ちょっと、こっちにおいで」

と、ソファーに座らせた。目線をそらしたまま下を向いている。

「昨夜はどうしたの？」

「友達のところに泊りました」

「どんな友達？」

「学友会の先輩です。先生に紹介したいので、今日その人の家で一緒に晩ご飯食べたいです。いいですか」

「いいけど。その先輩は女の人？」

「男の人です」

「えっ、じゃ男の人のところに泊まったの？」

「はい」

「結婚するの？」

「はい」

「お母さんには言ってるの」

「いいえ」

「お母さんに言わないで結婚を決めるのはだめだよ」

「先生から言ってください」

「大事なことなんだから自分で言わないとだめだよ」

「はい、わかりました。今日電話します」

夕方迎えにきたメイメイと一緒に家を出た。

「お母さんに先ほど電話しました。オーケーをもらいました」

どんなオーケーだか分からないが、それ以上は他人の僕が口を出すことではないと思った。

彼のアパートは、僕の家から歩いて十分程度のところにあった。六畳ほどの板張りの一部屋だけで、隅に簡単な炊事場とトイレやシャワーの付いている学生用のものだった。部屋の真ん中にちゃぶ台のような小さな机が一つあり、壁際には小さく畳んだふとんや本やパソコンが床の上に無造作に積み上げられている。

「韓と申します。故郷は大連の近くです。工学部の大学院で海流の研究をしています。来年の三月で卒業です。就職が決まってないので心配です」

とぎれとぎれにこれだけを言うのに時間がかかる。大学院はほとんど英語で事足りるので日本語を話す機会はあまりなく、日本語は下手ですと弁解する。

「日本で就職したいの？」

「はい。大阪あたりでかなり探したのですが、未だに内定も貰えないんです。中国でも探しているんですが、中国の方がもっと厳しいようです」

ややこしい話になると、メイメイが口をはさむように通訳してくれる。

「就職できなかったらどうするの？」

「就職できたら、中国で正式な結婚式をしたいと思っています」

ちぐはぐな会話の後でメイメイは、就職できなかったら中国に帰るしかないですとポツリとつぶやく。

「私は、大学を卒業するまでここにいます」

「じゃ、結婚しても別々に暮らすの？」

「しかたないです」

と、メイメイがさびしそうにつぶやく。

「メイメイが、学友会の先輩ってよく言ってるけど、君のこと？」

「はい、そうです」

と、メイメイが口を出す。

僕は、彼が一応真面目に将来のことを考えているらしいので一安心した。上海の李さんからは、娘をよろしくと頼まれてはいるが、結婚話や将来の身の振り方まで一介の下宿屋の親父が口を出すことではないなと思い、それ以上は深入りしないことに決めた。

僕の舌を心遣ってか、ビールに刺身やサラダなど、和食中心の献立にしてあった。彼の故郷の大連のことや大学生活など話題も豊富で、彼の人柄を知るには十分な時間を楽しめた。

二人とも奨学金をもらっているそうで、居酒屋や中国語講師のアルバイト代を含めると、中国人留学生の中でも経済的には楽なほうらしい。メイメイは居酒屋のアルバイトは止めたいという。二人が一緒に生活し、生活費を切り詰めるとかなり余裕が出るのではないか。

最後になって膝を正した二人は改まった口調で切り出した。

「あのー、お願いがあるんですが」

「なんでしょう」

「ご覧のようにここで二人が生活するのは狭いんです。先生の家に引っ越したいんですが」

なんだ、今日の接待はそのためだったのか。ちょっと腹が立ってきた。

メイメイには親代わりになるつもりになっているが、彼の面倒まで見る気はさらさらない。

「今すぐ返事はできないよ。ちょっと考えさせてほしい」

とだけ言って、答えを先延ばしにした。

翌日、友達に電話をいれた。

「断ったらメイメイは出ていくんだろう。お前寂しくなって泣くんじゃないか。少々のことには目をつぶれよ」

夕方、着替えを取りに帰って来たメイメイに、

「オーケーだよ。引っ越しまでに二階の押し入れやタンスを整理しておくから。だけど、二人で住むんだったら電気代なんかは払ってちょうだい。それから家賃ももらうけどいいかな」

「大丈夫です。じゃ引っ越しの日を決めて来ますから」

メイメイは明るく跳ねるように返事をしてから自転車に飛び乗った。

それから数日後、授業の合間を見ては自転車で荷物を運びこんでくる。思ったよりも多く、数日かかるという。


メイメイの台所姿は新妻そのものだった。僕の目にはまぶしくうつる。そのそばで彼は何かとちょっかいを出す。横に僕が座っていてもお構いなしだ。

「ここはあんたら二人だけの家じゃないんだから、ちょっとは遠慮しなさいよ」

外出してもほとんど手を握ったままだ。ソファに座るとメイメイの方が体を摺り寄せて行く。朝食は僕の方が早いからいいが、一緒に夕食をとるときは、眼のやり場に困って早々に自分の部屋に退散する。

ある日、彼が頼みがあるという。

「インターネットをやりたいんですけど、かまんでしょうか」

よく分からない僕は、

「ああいいよ」

と気軽に返事した。

翌日、業者が工事にやってきて、道路の電柱から線を引き始めた。二階で何かやっていると思っていたら突如「ガガガー」と壁が振動するような音がした。僕があわてて二階に駆け上がると、ドリルで壁に穴を開けていた。

「ちょっと、勝手にそんなことをしてもらったら困る」

僕はあわてて口を出した。

「ご主人がいいと言ったんですが」

「ご主人は私だよ。工事を止めてください」

ちょっと強い口調で言うと、工事をしていた人は困った顔をして携帯電話をかけ始めた。

まもなくメイメイから電話がかかってきた。

「ごめんなさい。そんな工事をするとは思っていなかったので」

メイメイに甘え声で言われるとしぶしぶでも承知するはめになってしまう。

「明日から連休なんで、二人で大阪に行ってきます」

と、彼が言う。

「どうしたの」

「大阪領事館で、結婚の手続きをしてきたいんです」

「その間、野菜に水をやってもらえませんか」

と、メイメイが口をはさむ。

「ああ、いいよ」

一泊して帰って来た二人が。お土産ですと差し出した袋を見て、えっと声が出た。

「これUSJじゃないの。遊びに行ったの」

僕の声がちょっと上ずった。

「領事館はすぐすんだので、その後で行ったんです。これ結婚証明書です」

「メイメイの名前はどうなるの」

「中国は夫婦別姓なので、今までと同じです」

中国には戸籍がないので、結婚は届けて証明書をもらうだけ、何も変わらないという。

「正式に結婚したから私は家族なので、就職できなくても日本にいられそうです」

まさか彼はメイメイのひもになるつもりではなかろうな、と僕はちょっと心配になってきた。

「今晩お祝いをしたいんで、先生を招待します。大阪で御馳走を買ってきました」

と、彼が明るく僕の顔を覗き込む。

彼は一緒に食べようと時々誘ってくれるが、脂っこく辛く、そして香菜の独特のにおいが強い彼の料理を僕の口が受け付けなくなってきていた。しかし、お祝いの席を断るわけにはいかない。

「そう、ありがとう。で、どこでするの」

「うちの一階の応接間です」

「えっ、うちでするの？」

「大丈夫です。先生はお客さんですから」

僕は何か言わなきゃと思ったが言葉が出ず、自分の家に招待されることを黙認することとなった。

最近は狭い台所で彼らと鉢合わせするのを避けるようになり、コンビニの弁当で済ますことが増えてきていた。一緒に食べるのは久しぶりである。

部屋でテレビを見ていると「できました」と呼びに来てくれた。

「大阪で買ってきた御馳走ってどれ」

テーブルの上にずらりと大皿が並んでいる。中国人家庭は共稼ぎが多く、料理の上手な男性が多いという。特に二人は居酒屋でアルバイトをしていたこともあり、台所仕事は手際よく、日本料理のコツも心得ている。

「買ってきたのはこれです」

指差された皿の物を小皿にとった。よく見ると細い棒のようなものの先が三つに分かれ、その先が尖っている。

「これ何?」

「にわとりの足です」

「えー、食べられるの?」

「中国人はみんな好きです。コラーゲンがたくさんあるんです。美容にいいです」

と、横にくわえてしゃぶるように歯で身をそいで口にいれていく。

「ほかにもいろいろ買ってきました。火鍋のスープなど。インターネットで注文できるそうで、これからはいつでも食べられます」

僕は、鶏の足をそっと元の皿にもどした。

IV

残暑もそろそろ終わりに近いなとの挨拶が聞かれるようになったある日、「お願いがあるんです」とおそるおそる二人が顔をだした。

「何事よ。そんな声を出すときにはろくなことがないんだよね」

「いいえ、いいことなんです」

「どんないいこと？」

「お母さんがうちに来たいって言うんです」

メイメイの顔はそれほどうれしそうではない。

「えっ、ほんとー。李さんには早く会いたいって思ってたんだよ。。もう三年も会ってないからね。話したいことがいっぱいあるんだよ」

「いいえ、韓君のお母さんです」

僕は全く想定外のことだったので、一瞬言葉につまった。

「僕は大連の大学に行っていたんですが、お母さんは田舎の寒い所に一人で住んでいるんです。冬になる前に一度私に会いたいって」

「で、どれくらいいらっしゃるの」

「三か月です。ビザの期間が三か月しかないんです」

「えっ、三か月。で、どこに泊まるの」

「うちです」

「うちったって、新婚の部屋に一緒に泊まるわけにはいかんでしょう」

「大丈夫です」

「君は大丈夫でも、メイメイは困るよ。隣の部屋を片付けて簡易ベッドを入れよう」

「すみません。それから、身元引受人というか呼び寄せ人になっていただきたいんですが」

「観光ビザだと、収入がいくら以上というのが必要なんですけど、それがちょっと難しくて」

「よく分からんけど、乗りかかった船だ。いいですよ」

「いえ、船じゃなくて飛行機でくるんです」

ややこしくなるまえに、僕はいいよと言って席をたった。

もみじの季節の始まるころ、彼のお母さんは一人でやってきた。二人は広島空港まで迎えに行き、ホテルで一泊して帰ってきた。一七〇センチ以上ある彼に近いような身長で、日本人の中ではかなり目立つような大柄である。肩幅も広くがっしりしている。

「よくいらっしゃいました」

と手を出すと、その手を握りながら早口の中国語でまくし立てられた。きょとんとしていると、

「子どもたちがお世話になって感謝している。これからも二人を見守ってほしい」という意味ですとメイメイが通訳してくれた。母一人子一人の家族だという。一人息子を大学に入れ、更には遠い異国の地に旅立たせて、一人でどれだけ寂しい思いをしてきたのだろうか。ただひたすら一緒に暮らせる日を待ち望んでいただろうに。だのに、メイメイに取られてしまった。いつ帰ってくるとも分からないわが子の無事を一眼でも自分の目で確かめたい、さらには我が家の嫁に会って一言でも話を交わしたいと思ったに違いない。

この三か月の間はできるだけのことをしてあげたいと思った。中国東北部は厳しい冬を迎えようとしている。極寒の地の一人暮らしは本当に大変なことだろう。地方公務員をしているというが、経済的に余裕があって子どもを留学させたとは思えない。それでも、高麗ニンジンやレイシ、松の実などの中国東北部の特産品のお土産をどっさり持ってきてくれた。

その日は歓迎パーティーの夕食となった。本当は僕が招待すべきだったのだが、日本食になれてないのでというメイメイの言葉を受け入れた。羊肉の火鍋だった。「羊肉はどこで売ってたの」と聞くと、スーパーに頼めば取り寄せてくれるとのことだ。大阪で買ってきたという火鍋のスープを鍋いっぱいに入れた。鍋はすき焼き用の電気鍋だ。僕は「辛いのは苦手だよ」と言いながら、真っ赤なスープをちょっと舐めてみる。唐辛子の赤さだと思ったのに、見た目ほどは辛くなく深い味がついている。たっぷりの野菜と豆腐、更にはエビまで入っている豪華な鍋だ。

「韓君はエビが好きなので」

と、メイメイは言い訳がましく口をはさむ。

最近、メイメイは事あるごとに「韓君が、韓君が」と、夫の名前を口にする。「いい加減にしろ」と僕の心中はちょっと複雑である。

僕は「いただきます」と言って箸をとった。お母さんはすぐ彼に「何?」と聞いてかわいいキティーちゃんのデザインの手帳に書き留める。少しでも日本語を覚えたいと積極的に質問する。「いただきます」とはどんな意味か、発音はこれでいいかと何回も繰り返す。だけど、何か、ちょっと変だ。

「中国には『いただきます』にあたる言葉はないんです。お母さんは、日本人は礼儀正しいって感心しています。中国語には濁音がないんで『ただ』のところがうまく発音できないんです」

その都度メイメイが解説してくれる。

お母さんは、「感謝しています」と何回も口にし、そのつどいろいろな話を付け加える。僕は箸を置いて聞いている格好をするが、中身は全く分からない。彼やメイメイは時々通訳してくれるが、段々とその回数が減ってくる。

「私のところはきれいなところです。一度ぜひ来てください。私が帰るとき一緒に行きませんか。何も心配いりません」

ということらしい。

「ぜひ行きたいです。だけど今は用事があって行けません」

と同じ答えを何回となく繰り返す。

お母さんの食べ方は豪快である。箸で大量につまみあげると、そのまま口に押し込む。少しずつしか口に入れない僕を見て、「遠慮しないで」とか「おいしくないですか」と声をかけてくれる。ただ、エビの殻や口から出したものを直接机の上に積み上げていくのが気になって食も進まない。殻を直接机の上に出すのは中国の習慣らしい。中国を旅するといつも気になることだ。

日本語の全く分からないお母さんの我が家での暮らしが始まった。若い二人は昼間は学校。台所で黙ってテレビを見ているお母さんに、僕は何と声をかけていいのかとまどうばかりである。朝「おはようございます」と言っても訳の分からない言葉がかえってくるだけ。そのうち挨拶や「ありがとう」ぐらいは使えるようになるだろうと、僕は同じ言葉を毎日繰り返す。若い二人のうちのどちらかでもいてくれたら、もう少しいろいろと話もできるのだがと思うのだが、僕一人だけではしらけて間が持たない。

僕は、口実を作っては外出するようになった。お母さんは、一人になると少しずつ近所を歩き始めた様子である。毎日その範囲を広げて行っているらしい。

毎日一緒に生活していると、お母さんの言っていることがなんとなく分かるようになってきた。分からない時はメモ帳を出して書いてもらう。達筆である。一字一字確りと行書で書いてくれるので読みやすい。僕は電子辞書片手に目を通すと意味もおぼろげながらわかってくる。曲がりなりにもコミュニケーションが成り立つようになってきたときには、二か月が過ぎていた。市役所からもらってきた中国語の観光案内を片手に、市内を案内できるようになって、僕なりに充実した日が過ぎていく。

ある日外出先から帰ると、家の中からえらく賑やかな中国語が聞こえてくる。何事かとそっと入って覗くと、お母さんと同じような年配の女性が四五人来ていて、応接間で談笑している。今日人が来るなんて聞いていなかった。

そろりと部屋に入って「今日は」と日本語で声をかけた。皆の視線が僕に集中し、何者が侵入してきたのかといった怪訝な顔で、じろりとなめるように見つめられた。お茶もちゃんと出してある。お母さんがあわてて皆に説明した。すると、皆立ちあがって僕に拍手をする。一体何の拍手なのか。僕は「どうぞごゆっくり」と一言言って、早々に自分の部屋に逃げ込んだ。納得できない胸の高鳴りのまま息を凝らして皆が引き上げるのを待った。

夜、若い二人に事情を聴くと、市内に住む中国人の家族と知り合って、行き来をするようになったらしい。今日はその友達を家に招待したのだという。

「そんなときは事前に一言言ってほしい。勝手に応接間を使わないでほしい」

とちょっときつく言った。そのうち、うちで食事でもしようということになったら僕はどうしたらいいのだろうか。

日曜日、三人を乗せて紅葉見物に出かけた。山はちょうど見ごろを迎えていた。お母さんの住む所はどこまでも続く平原だけで、山がないという。在所から初めて外に出たということで、見るものすべてが珍しいらしく、とりわけ緑豊かな山並みにしきりと感嘆の言葉をはいていた。

「日本はどこに行っても山ばかりですよ」

と言うと、「うらやましい」と答えがかえってくる。

「海もあんまり見たことがない」

とのことで、夕日の砂浜も一緒に散歩した。

若い二人は初めのうちは機嫌よく通訳をしてくれていたが、だんだんと面倒くさくなったらしく、タヌキ寝入りを始めた。僕は孤独な運転手となった。お母さんは機嫌よく話しかけてくる。「ええ」とか「うん」とか適当に相槌を打ちながら、ハンドルをにぎるだけだった。ストレスも徐々にふくらんでくる。無事帰宅した時にはへとへとに疲れ果ててすぐベッドにもぐりこんだ。

温泉めぐり、懐石料理、回転寿司、フランス料理などなど思いつくまま案内していると、三か月はあっと言う間に過ぎて行った。帰国が明日に迫った夜、近くにある外国人相手の土産物屋で買ってきた日本人形を手渡すことにしていた。高さが三〇センチもあり、見返り美人風の見栄えのするもので、値段も手ごろだった。手渡す前に念のためにと箱から出して眺め、箱の隅に貼ってあるラベルを見た。

「あっ、しまった」

と思わず声が出た。ラベルに小さく「メイド・イン・チャイナ」とプリントしてある。

もう間に合わない。「仕方ない」と気がつかない風を装って手渡すと、満面の笑みで喜んでくれた。

若い二人は、広島を見物してから空港まで送りますと一緒に出かけたが僕は家の前で見送った。

「必ず私の家に遊びに来て下さい。何日いても大丈夫です。必ず来て下さい」

と僕の手を握りながら何回も何回も繰り返す。

「謝謝、再見」

と、やっと覚えた中国語で答えた。

そして、また、僕は若い二人との生活がはじまった。僕は一日の大半を自分の部屋で過ごすことが多くなった。

中国の正月春節も終わり、彼は卒業論文の発表も無事終えた。しかし、まだ就職が決まらない。そのストレスが顔に出、言葉に現れるようになった。僕の前ではそれほどでもないが、二階からはいらついた鋭い声が聞こえてくることがある。

二月には珍しく星のけぶるようなまたたきの夜、会があって帰るのが少し遅くなった。街灯の明かりにうっすらと浮かんでいる古い門扉がなかなか開かない。アルコールの入ったおぼつかない手つきで門扉をガタガタとゆすっていると、彼が飛び出してきた。

「大変です。メイメイのお父さんが死ねそうです」

僕は、きょとんとして彼の顔を見つめた。

「大変です」

を繰り返す。

「なんのこと？　中に入って、ゆっくり説明してちょうだい」

台所の椅子に腰掛け、冷たいお茶を一気に飲み干してから、改めて彼の顔を見つめた。

断片的に出てくる彼の言葉をまとめると、

「メイメイのお父さんが、工事現場で事故にあった。病院に搬送され緊急手術を行った。かなり重症らしい。メイメイは急遽帰国した」

　ということらしい。

　大変なのは分かるが、中国の病院じゃ見舞いにも行けず、成り行きを見守るしか方法がない。とりあえず、新しい情報が入ったらすぐ教えてほしいとだけ言った。

「ところで、『死ぬそうです』『死にそうです』『死ねそうです』の違い、分かる？」

「あんまり分かりません」

「どっちにしても、別の言葉を使ったほうがいいよ。『重傷だそうです』かなんか」

「『じゅうしょ』ってなんですか。アドレスのことですか」

「それは『じゅうしょ』でしょう。『じゅうしょう』って最後を伸ばすのよ」

　僕は紙に「重傷」と大きく書いた。

「分かりました。中国語では『重病』といいます」

「それより『おおけが』の方がいいかもね。ところで君はどうするの？」

「はい。私は、明日か明後日、切符が取れたら病院に行きます」

「今からでも、明日の飛行機の切符、買えるの？」

「今から、インターネットで探します。病院に行ってから、大連に行きます。就職頼んでいた人が、至急会いたいとメールをくれたんです」

「就職が決まっていたらどうするの」

「そのまま大連にいます。中国は九月が卒業なので、新卒者はもう仕事をしているんです。私は中途入社になるんで、すぐ仕事をしないといけないんです。それに、日本に行ったら五万円かかります。もったいないです」

僕は、ちょっと言葉につまった。

「メイメイは知ってるの?」

「メイメイは、お父さんが仕事ができなくなったら、留学は続けられないって言ってました」

「じゃ、帰ってこないかもしれないんだね」

と言うと、彼は「わかりません」と言ってから、二階に上がっていった。このままメイメイは戻って来ない場合もあるのか、との思いがふと頭をかすめる。

二日後、重いスーツケースをごろごろと引っ張って彼が出かけていくと、僕はやっと自由の身となった。お父さんのけがも心配だが、久しぶりに味わう自由の空気は格別である。風呂から上がると、ヒーターを効かせた僕の部屋で、そのままの格好でビールを飲みながらストレッチ体操をした。この開放感は捨てがたい。台所の食卓の上に食器をいっぱいにひろげ、テレビを見ながら誰に気兼ねすることなく時間をかけてゆっくりと夕食をとる。なんて贅沢なひと時だろうか。のんびりと味わう食後のコーヒーの香りが心に沁み込んでくる。

部屋に引き上げCDプレーヤーのスイッチを入れた。サラ・ブライトマンの柔らかく美しいソプラノがゆっくりと流れはじめた。曲はタイム・トゥ・セイ・グッバイだ。ブランデーグラスを両手で包み込むと、あでやかなブランデーの香りが僕の顔の前に拡がる。

しかし、今後、人生の迷路に迷い込みそうなメイメイの将来が心配だ。上海と大連に別れて暮らすのか、それとも人生をやり直すのか。その舞台が中国になるか日本になるか分からないが、気丈なメイメイのこと、それは自分で切り開いていくことだろう。

ブランデーの香りが鼻腔に残っている間にとベッドに入った。メイメイを不幸にだけはしたくない。今のこの瞬間は僕にとって本当に幸せなのだろうかそれとも不幸なのだろうか、と考えを巡らしている中で意識が遠のいていく。

笹枯れ

面河渓谷の遊歩道脇で山小屋を経営している博美じいは、空を見上げて雲行きを確かめると、仕掛けてあるウサギ罠の見回りに出かけようと腰を上げた。ほとんど毛のなくなった頭を上から手拭いで包み、顎の下で結んでいる。滑りにくく上から雪が入らないように工夫された雪国用の長靴を履いている。以前に泊まりに来たお客さんが送ってくれたものだ。腰には鉈をぶら下げ、ウサギの皮の尻当てを後ろに下げている。

冬は誰も来ない。谷の岩も道も白く凍り付いているのだ。それでも四月が近づくと、氷はぬるみところどころに青い芽が見られるようになる。

「天気がいいから少し上まで登ってみるか」

夏道は完全に消えている。数日前に自分でつけた踏み跡だけだ。

何年も前から日帰り客が多くなり、泊り客は極端に少なくなった。生活に余裕がなくなると自分でも分かるほど気難しくなり、奥さんは一人娘を連れて町の実家に帰ってしまった。「山がいい」

と一人残ったが、寂しさはつのるばかりである。娘から結婚したと昨年便りが届いたきりで、音沙汰がない。

対岸にマンサクの黄色い花が見られる流れを渡って丸滝尾根を少し登ると、石鎚山山頂と南斜面の笹原が見えてくる。白く雪の残っているところもあるが大半は春の訪れを待ちかねているといった姿である。

天に突き出したような南尖峰を「きれいだな」とうっとりと見つめていると、突然、どこからともなく音が降ってきた。聞いたことのない透き通るような高い音である。かすかに聞こえるのだが、行者の吹く法螺貝の音とは明らかに違う。「気のせいかな」とも思ったが、あるところは速くあるところは長く低く、天使の声のようだと思った。初めて聞く音だが、明らかに人が吹いている楽器の音だ。しばらく聞いていたが「物好きな人もいるもんだ」と、つぶやき、空を仰いで「今夜は降るかもしれんな」と一人合点するように首を振ると山を下りていった。

ピシッ。激しく譜面台を叩いた指揮棒の先が折れてジャンプするように跳ねると、チェロをかすめて床に落ちた。

「ペット、また遅れたじゃないか。今日はどうかしてるぞ。フレーズの頭、タンギングで入ることぐらい分かってるだろうが。ちゃんと吹いてくれよ」

指揮者の阿部の声は、怒りよりもどうかしてくれと言った頼み声になっている。洛西大学オーケストラは、入学式で校歌とベートーベンのレオノーレ序曲第三番を演奏するのが恒例となっている。春休みにはそのための合宿が三日間あり、今日はその仕上げだというのに猪野義彦のトランペットが今一つ乗ってこないのだ。

入学式での演奏は、先輩から引き継いだ新役員の最初の大仕事であり、副から正指揮者に抜擢された阿部にとって、デビューの舞台でもある。

順調に仕上がっていたと思われていたのに、急に義彦のトランペットが乱れ始めたのだ。義彦自身には、その原因が分かっている。午後の練習が始まった時、義彦の視野に赤い点があるのに気が付いた。「何だ?」と、よく見るとビオラのトップに座っている明美の髪留めだった。午前中はしていなかったのにどうして、と思うと、急に集中力が乱れはじめたのだ。指揮棒に集中しなければと思えば思うほど視野の中で赤い点が動くのだ。トランペットの聞かせどころである中間部のファンファーレで、義彦の音だけが微妙にずれてしまうのだ。

休憩時間にビオラの連中の話し声が耳に入った。合宿が終わったら四国一周の旅に出るらしい。当然明美も入っているだろう。三日目に道後温泉だという。「よし、俺も旅に出よう。道後あたりで偶然を装って会うようにするにはどうしたらいいだろうか?」との思いが頭にちらっと浮かんでは消える。

やっとOKが出て合宿も打ち上げとなった。戸締りを確認し、最後に部室を出ようとした義彦の足が急に止まった。床に赤いものが落ちているのだ。そっと拾い上げた。赤や黄色のまだら模様の幅広いリボンがくしゃくしゃと縮まり、直径二センチほどの赤い球がついている。引っ張ると伸びて輪になった。髪留めだ。明美が落としたのか。義彦はそっとポケットに忍ばせた。

四国一周の周遊券を手に、山陽本線岡山行きに乗ったのは三月二十五日の早朝だった。軽装だが、リュックにはトランペットが入っている。岡山で宇野線に乗り換え、宇野から高松行きの宇高連絡船に乗った。まだ行先を決めていない。松山周りにするか徳島周りにするか、三日後道後温泉に行ければいいのだ。

まだ三月というのに初夏のような陽気で、四国の山並みがすごく近く感じられる。家を出るときのニュースでは桜の開花を伝えていた。「きれいだな。中国地方の山とは違うな。温かく迎えてくれそうな気がする」といつまでも視線をそらさない。昨年の夏、石鎚山に登ったという友達の自慢話を思い出した。

「朝、伊予西条からバスに乗ると、昼過ぎには山頂に立てる。一気に面河渓谷側に下ると最終バスに間に合ってその夜道後温泉に泊まった」というのである。

「天狗岳がすごかったよ。瀬戸内海がよく見えたけど、北側が垂直に切れ落ちていてスリル満点だった」とも言った。

「三月だけど、四国はあったかいな。天狗岳でペットを吹いたらどんな気分だろう？」

義彦は気分が徐々に高揚していく自分に気が付いていた。こうなったら後に引けない性格を危ないと思う時もあるが、若者はそれでいいんだと納得する自分もいた。「徳島にはいつだって行けるんだ」と無理に理屈をつけると、伊予西条で下車することに決めた。

義彦の実家は小さな花卉農家である。兵庫県も岡山に近い瀬戸内沿いの小さな町揖保川で、古くから家族で花をつくっている。最近足が悪くなってあまり外に出なくなった父善三、働き者の母、父に代わって仕事を一手に任せられている兄貴一、義彦の一番の話し相手である高校生の妹由香里の五人家族である。ところが、先日の突風でハウスに被害が出、兄はその修理で朝早くから仕事に追われていた。しかも、五月の「母の日」を控え、カーネーションの手入れに猫の手も借りたいほどの毎日である。

「少しは兄さんを手伝いなさい」と毎日のように母親の小言が続くが、「ごめん、こちらも入学式前で忙しいんだ」と毎日家を空ける。

今回も、「役員になったから、旅行に付き合わないといけないんだ」と予防線を張っていた。父親は何も言わないが、明らかに不機嫌な顔をしていた。歳の離れた兄とはあまり話す機会はないが、三歳下の妹とはよく話が合う。買い物の見立てにもよく付き合ってくれる。しかし、今回の旅のことは誰にも話さず出てきてしまった。

予讃線伊予西条駅で下車、駅前からバスに乗る。加茂川の清流に沿って走り、登山口の河口に下車した時には、この深い谷の底には日足が届かなくなっていた。昼間あれほど暖かいと感じていた空気もここでは肌寒く、セーターを出して袖を通した。道端の店で道を尋ね、ここから少なくとも二時間はかかると聞いて思わず腕時計を覗く。うどんを腹に収め、意を決して腰を上げたときには、家々に明かりが灯りかけていた。懐中電灯を出してポケットに入れた。

今宮道に入る。かなりの急坂だが、ゆっくりしたピッチで足を運ぶ。スキーには何回も行っているので、山道は歩き慣れている。流行りのハイキング用の軽登山靴を履いている。二時間の道のりだ。あせっても仕方がない。確りした足取りで高度を上げていく。

途中から道に雪を見るようになった。ぐじゅぐしゅとした雪で、踏みつけるとビブラム底の形がはっきりと残る。高度とともに雪の量も硬さも増してくる。踏み跡を外すと足首まで潜るようになった。

標高一四二〇メートルの成就社の境内にある旅館の戸を叩いたのは、戸締りされた後だった。夏は登山者や信者で賑わうこの旅館も、雪のある時期はたまに登山客が来るだけだという。今は留守番のおばあさんが一人だけだった。

「お客さんが一人いるぞなし」

と、二階に案内しながら教えてくれた。

一息入れてから一階の食堂に降りると、赤々と燃えるだるまストーブに手をかざしている男性が一人いた。

「名古屋から来た賀戸です」と、先に声を掛けられた。

「遅くなってすみません」と謝りながら早々に食事を済ませた。

「明日、頂上に登って面河に降りようと思います」と賀戸の顔を見ながら話した。

「雪が大分残っとるよ。お山を越えるのは無理じゃけん、ここから降りたほうがええよ」

おばあさんが、口をはさんできた。賀戸は、「石鎚山に登ってから瓶ガ森に縦走するつもりだったんですが、頂上にだけ登って帰ろうと思います」と話した。

「じゃー、頂上にまで一緒に連れて行ってもらえませんか。様子を見て引き返します」

ストーブに薪を放り込むと、パチパチと火の粉がストーブの中を赤くする。

翌朝、外に出てみると曇っているが風もなく気温も比較的暖かい。冬というよりは春の空気である。これだったら大丈夫だと義彦は一人合点した。賀戸は荷物の大半を旅館に預け、サブザックにアイゼンを括り付けていた。

「ピッケルとアイゼン、持ってないんですか。無理ですよ」

「行けるところまで付いていきます。無理になったら引き返しますから」

義彦は、持ってきたものを全部入れたリュックを担いでいる。心配そうに見送るおばあさんに軽く手を挙げると鳥居をくぐり、八丁坂を快調に下って行った。

登るにつれ雪は少しずつ深くなっていく。尾根道に出ると、突然どっしりとそそり立った大岩壁が目の前に現れた。凹凸に沿って雪や氷が張り付いて美しいグラデーションになっている。

「すごい」と思わずつぶやいた。

「思ったほどは付いていないですね」

賀戸は独り言のようにつぶやく。左手の離れたところに真っ白くなだらかな山が見える。

「瓶ガ森です。きれいでしょう。僕が一番好きな山なんです」

賀戸について黙々と歩く。ふと気が付くと小屋の前に出ていた。屋根から滑り落ちたのか、小屋の山側には屋根近くまで壁を押し付けるように雪が積もっている。道は靴が半分隠れる程度だ。温かく、キルティングコートは途中で脱いでリュックの上に括り付けてある。

「これだったら上まで登れますね」と、賀戸の顔を見ながらつぶやいた。

巻き道の階段を一歩ずつ慎重に上る。ほとんど雪は付いておらず、途中で弁当を広げ、午後一時頃には山小屋のある山頂の広場についた。上はほとんど雪も氷もついていない。何の不安もなく細い尾根道をたどって天狗岳の上に立った。最高点で二人は肩を組み、賀戸のカメラに収まった。稜線の南側には青々とした笹の大斜面が広がっている。義彦はリュックからトランペットを取り出した。

「ほう、トランペットですか？」

楽器には縁がないという賀戸は、腰を下ろして物珍しそうに見つめている。

数回口慣らしをしていたかと思うと、急に朗々とした高音が飛び出した。薄く広がりかけている雲に吸い込まれるように高く低くのびやかに音が広がっていく。

「お上手ですね。何ていう曲なんですか」

「夕焼けのトランペットという曲なんです。このイメージにふさわしいところで吹きたかったたんです」

すっかり気分の乗った義彦は三曲ほど吹き通した。

雲が厚くなっている。少し霧も出てきた。心なしか風も強く冷たくなってきたようだ。

「しまった。遅くなった。早く下りないと夜になります」

「もう下りるんですか」

義彦は、不満の色を顔に出した。

「先に降りてください。僕は面河に下りますから。一人で大丈夫です。バスに間に合わなかったら面河で一泊して、明日道後温泉に行きます」

賀戸は何か言いたそうだったが、口には出さなかった。

「あそこに斜めに筋があるでしょう。あれが夏道です。日の当たるところは雪が融けていますが、日陰になると凍っているから気を付けてください。暗くなったら危ないですから早く下りないと」

「有難う。お気を付けて」と、笑顔を返してから、「この素晴らしい景色を明美にも見せてやりたい」と眼前の大パノラマを見渡した。ふと、家のことを思い出して後ろめたさを感じたが、帰ってから手伝えばいいと思い直した。やっと腰を上げて腕時計に目をやると二時三十分を回っている。

三の鎖の巻き道の階段は滑りやすくなったいた。薄い氷が張っているらしい。手すりにつかまりながら慎重に降りた。やっと下り終えたときに太ももの筋肉にピリッと痛みが走った。余分な力が入っていたのかもわからない。

面河への分かれ道で賀戸が待っていた。

「ここを間違えたら大変なんで、待ってました」と、心配顔で声を掛けてきた。先のとがった木の枝を渡しながら、「これ、ピッケルがわりです。下が滑りますから、踵を雪に食い込ませるようにに歩いてください。くれぐれも無理をしないように。懐中電灯は待っていますね」と、繰り返し注意してくれた。

義彦は、今の階段で緊張したことを思い出し、素直にうなずいた。

「いろいろとありがとう。お宅も気を付けて」

賀戸の足にはすでにアイゼンが装着されている。


猪野家から警察に捜索願いが出されたのは、義彦が山に入ってから四日後であった。今まで黙って家を空けることはあったが、今回はもう五日たつ。大学の友人や親戚などに問い合わせたが分からない。やっと、四国に旅行に行ったのじゃないかとの大学の友人からかすかな情報が入った。兄貴一はすぐ地元の警察に写真を持って届けたのだった。警察は迅速に動いてくれた。四国の周遊券をもって伊予西条で降りたこと。バスで登山口まで行ってそこから石鎚山に登り、成就社で一泊したこと。面河に向かって下山したこと等がわかった。しかし、面河から松山行のバスを利用した形跡はなかった。

警察は遭難したものと断定し、面河渓谷を管轄内に持つ久万警察署に遭難捜索依頼の連絡をした。博美じいさんにも捜索協力の依頼があった。愛媛県山岳連盟にも連絡が入り、合同の捜索隊が編成された。博美じいさんの小屋に捜索本部を置き、集まった者たちで捜索会議が持たれた。「隊長を山岳連盟の会長にする」「面河乗越から面河登山口までを重点的に捜索する」「途中にある愛媛大学山岳会山小屋、通称愛大小屋にも捜索拠点を置く」などを話し合った。行方不明になってから六日が過ぎている。山は冬である。天気は安定しているが、野外だったら難しいだろうなとの思いが皆の顔に出ている。服装や携帯品のリストが配られた。

「正確なことは分かりません。妹さんや途中であった人の証言から推測したものです。ただトランペットを持っていたのは確実です」と、警察からの隊員が説明した。

翌早朝、登山道隊・ご来光の滝隊の二隊に分かれて出発した。しかし、道を往復しただけで何も得るものがなかった。

賀戸は幾度となく事情聴取され、義彦の山での行動が少しずつ明らかになってきた。「春山での滑落遭難か？」と新聞には大きなタイトルが踊り、各紙とも装備・経験・技術不足が遭難原因と報じた。父親は不機嫌そうに「困ったものだ」と一言つぶやくと、自分の部屋にこもったままだった。

兄貴一は従弟の良介に連絡を取った。良介は大学の現役のワンダーフォーゲル部員である。事情を説明し、明日山に登りたいが同行してくれないかと頼んだ。良介はその日のうちに冬山登山の装備一式を整えて貴一のところに届けてきた。

テレビでは、桜の開花が例年よりも早いと報じている。野山も緑が増え、風は確実に春の空気を運んできている。しかし、貴一と良介は新雪の積もった中を歩いていた。貴一は山登りの経験はほとんどなく、良介の口添えのままに動いている。道はうっすらと白く、谷や日陰には硬く張り付いた雪や氷が残っている。アイゼンの爪が気持ちよくつき刺さる。面河乗越のコルでは小さな雪渓を横断しなければならなかった。

南斜面に出ると広大な笹原で雪はほとんど見えない。踏み跡のような細い登山道を踏み外すとすぽっと背よりも高い笹の中に落ち込んでしまう。落ちた貴一は、足元も見えなければ方角さえも分からなくなり、良介に手を引いてもらって登山道に戻った。

途中で捜索隊のグループにあった。自己紹介をし「申し訳ありません」と深々と挨拶した。案内された捜索拠点になっている愛大小屋に入ると、隊長である山岳連盟会長の山中が詳しく説明してくれた。

「言いにくいんですが、希望は限りなくゼロに近いと思います」とつぶやいた。

「分かっています。本当に申し訳ないです。今日一日、だめだったら皆さんお仕事もあるでしょうから引き上げてください。あとは身内の者で出来ることをしようと思います」

天候は下り坂との予報もあって、隊長は打ち切りを決断し、後は貴一が時間の許す限り捜してみるということになった。

「県内の山岳会員もできるだけこのコースを歩くように連絡をしておきます」との山中の言葉で捜索隊は解散した。

貴一と良介は隊員たちと一緒に下山し、博美じいさんの小屋で一泊した。

「あの日といやー、わしは山の中で妙な音を聞いたで」

「妙な音？」

「ん、なんかの鳴き声みたいでもあるし、音楽みたいでもあったの」

「それ、トランペットじゃないんですか？」

「いや、わしゃ、そのとらんべっとちゅうのを見たことないんじゃ」

「ラッパの大きいんですよ」

「ああ、ラッパじゃったら知っとる。ん、ありゃ、ラッパの音かも分からんな」

貴一は良介の顔を見た。良介は目でうなずいた。

貴一は、住所や電話番号を書いた紙を渡して、「気が付いたことがあったら連絡してください」と頼んだ。

「本当に、面河道に下りたんかな」

博美じいがポツリとつぶやいた。今は面河乗越からは西冠岳の道もあるし途中からご来光の滝に下りる道もある。踏み跡だけになっているが、鉄砲石川に下りる道もある。ほかの可能性はゼロではないし滑落の危険性は全域に潜んでいる。これらは捜索会議でも検討されたが、面河道に集中すべきとの結論になっていた。

「ほかのルートはわしがぼつぼつ歩いてみるけんな」

「お願いします」

年が明け梅雨が過ぎたころ博美じいから電話が入った。

「赤い小さな玉が落ちとったんじゃが、心当たりあるかな」

というものだった。貴一はないと答えたが、念のためにと妹の由香里に尋ねた。由香里も知らないと言った後、「一緒に見に行こうよ」と兄を誘った。

「山を越えるんじゃなかったら私も行けそうよ」

貴一はすぐ、博美じいに、「数日後にそちらに行くから、捨てないでほしい」と電話を入れた。

穴の開いたプラスティック製の赤い球だった。

「どこにあったんですか」

「愛大小屋からご来光の滝の方に少し下った道の横じゃ」

「明日、そこに連れて行ってもらえませんか」

「行けるけど、嬢ちゃんは歩けるかね」

「行けるところまで行きますよ」

「渓谷沿いに滝まで行って、そこから登るんじゃ。帰りも同じ道を通るから、しんどうなったらそこで待っとったらええ」

途中崩れているところがあったが、博美じいの案内でうまく迂回し渓流沿いの小道をたどる。右への分かれ道があった。

「わしがラッパの音を聞いたのは、この道を少し登ったところじゃよ」

「ほう、天狗岳の正面じゃないですか」

滝壺についた。

「ほう、立派な滝ですね」

「今年は水量が少ないんじゃよ」

滝に向かって左側の斜面についている踏み跡を登り始めた。かなりの急坂である。両側にはびっしりと背の高い笹が生えている。両手で交互に笹をつかみ引っ張りながら這うように登っていく。

「何かこの笹、変ですね」

良介が声を出した。

「花が咲いとるんじゃよ」

「えっ、笹に花が咲くんですか」

「六十年に一度咲くって聞いたがな。今年がその年に当たるのかも」

「この谷だけですか」

「いやー、この山全部じゃよ」

由香里は「もうだめ」と悲鳴を上げ座り込んだ。

「もう少しだけど、ここで待っとってくだせー」

悪戦苦闘の末、やっと愛大小屋の屋根が見えるところまで登りついた。

「この辺でひろったんじゃ」

「じゃー、この辺を少し歩いてみますか」

しかし、笹薮は深く一歩入ると上下左右見ることもできず身動きができない状態になった。

「これは無理だわ」

結局、踏み跡の左右を少し確認した程度で終わった。

貴一たちは、赤い球を大事にしまうとバスで松山まで引き返し、予讃線に乗った。

由香里は翌日大学を訪れ、赤い球の心当たりはないか訪ね歩き、明美から「なくなった髪留めに似ている」との言葉を引き出した。


年が明け、夏が過ぎた。紅葉の便りがテレビに映り始めたころ、博美じいから一通のはがきが届いた。

「面河渓の紅葉が今年はとても美しい。山も歩きやすい時期になった。静養がてら泊まりに来ないか」との誘いである。

貴一は、休みが取れたので車で家族旅行をしようと話を出した。良介も同行するという。

「みんなで義彦を迎えに行こう」

嫌がっていた父も貴一のこの一言で重い腰を上げ、家族全員、行くことになった。貴一と良介が交代でハンドルを握った。

面河渓谷は、奥に進むほど紅葉の色付きが鮮やかになっていく。折り重なる巨岩と泡立ちながら流れる無色透明な水と様々な色に紅葉した枝葉の織り成す錦絵に、皆の目はくぎ付けとなっている。

「こんなきれいなところに眠れて義彦も幸せだな」

善三がぼつりとつぶやいた。

「これはアメノウオの甘露煮、これはワサビの葉の三杯酢」などなど，その夜は、博美じい心づくしの御馳走でもてなされた。

翌日、山小屋に両親を残し、ご来光の滝から愛大小屋めがけて這うように登って行った。

「なんだか変ですね」

「前より笹が少なくなって、見通しがききますね」

「笹は、花がすんだら枯れ始めたんよ。葉っぱが落ちて茎も枯れ始めてる。わしも初めて見るんよ。おかげで笹米が食べられたんじゃ」

「笹米って？」

「花が咲いた後、コメみたいな実がなったんよ。びっしりと」

「その実をネズミが食べて、次の年はネズミが大繁殖するって読んだことがあります」

良介が口を挟む。

「笹薮に入りやすくなったから、横の方を詳しく見ていきましょう」

四人が横一列に開いてゆっくりと目を光らせながら前進していった。茶色になった笹は、茎を引っ張るとポキポキと小さな音をたてながら途中から千切れてしまう。もう愛犬小屋が近いのではと思いだしたころ、

「何かあるよ」

由香里の声がけたたましく響いた。皆が声の方に集まった。指さすほうに何かにぶく光っているものがある。貴一が真っ先にしゃがみこんで拾い上げた。斜めにつぶれた黒い箱だ。隙間から金色の鈍い色が漏れている。

「トランペット」

由香里が叫んだ。中には錆びついたトランペットが原型のまま出てきた。

「この辺にいるはずじゃ。もっと広がって。滝に近いほうは崖があるから気を付けて」

一時間ほど這うように歩き回った。

「あったぞ」

博美じいさんの声が響いた。立ち枯れの笹を両手でかき分けるように声の方に小走りで皆集まってきた。

大きな樅ノ木の根元だった。一抱えもある黒く丸まったものがあった。博美じいがゆっくりと地面に寝かせるようにキルティングコートを広げた。中には海老のように体を曲げた白骨化した遺体があった。由香里は顔を背けながらも薄目で凝視している。その目から涙があふれかけている。数メートル下は崖になっていた。

「よくここに残っていたな。下に落ちたら流されていたじゃろに」

涙声になった博美じいがひざまづいて手を合わせた。皆もそれに続いた。

夏道に上がった貴一は、ちょうど下山してきた高校生のグループに裏書きした名刺を渡し、警察への連絡を頼んだ。その夜は愛大小屋でまんじりともせず夜を明かした。

翌日、面河の警官が強力を連れて昼過ぎに上がってきた。握り飯も持ってきてくれたのでありがたく口に運び、後は警官の慎重な現場検証をそばで眺めるだけだった。時折衣類や持ち物の確認をする警官の言葉に「兄の物に間違いありません」と由香里が答えた。

面河に下りた一行は、厳しい顔の善三と涙にくれる母親に迎えられた。

太平洋戦争の前線を経験している善三は、きっと目を見開いた頭を深々と下げ、集まった人々に丁重なお礼を言い、遺体を引き取った。

「道から滑ったんじゃろな。即死じゃなかったかもわからん。だが、あの晩降ったきれいな雪の下で安らかに眠りについたのじゃろな」

博美じいは合掌しながらそっとつぶやいた。

「来年には笹も新芽を出しとるじゃろ。また、来てくださいや」

博美じいの大きな声が車を追いかけてきた。

青島の祈り

I

小さな椅子に浅く腰をかけ丸テーブルに両肘をついて、コーヒーの入った紙コップの暖かさを両手で包みながら、目を閉じて故郷の景色を思い出していた。中国の大学を卒業するとすぐ日本に留学した沈香明は、もう十年国には帰っていない。医学部を卒業したのち、母校で研修医を務めているのだ。アルバイトをしながら勉学に打ち込んだ十年間だった。「飲みに行こう」との誘いを全てことわり、女性の身だしなみも忘れて夢中で過ごした十年間だったが、体が弱っているとの父の便りで、ふと故郷へ足を向ける気持ちが生まれ、五月のゴールデンウイークにまとまった休みをもらったのだった。両親とはメールではやり取りをしている。それでも、十年ぶりに会う両親の顔を思い描くと懐かしさがこみあげてくる。

外洋に出てうねりが出たのだろうか、少し上下動が感じられる。フロント前のロビーと隣り合わせのこの休憩室は、六畳ほどの広さで赤い絨毯に小さな丸テーブル五脚と一つのテーブルに四脚ずつの小ぶりな椅子が置いてある。壁際にある三台の飲み物の自動販売機はなぜか日本円しか使えない。中国の人民元しか持ち合わせのない人は、隣の売店で日本円に両替しなくてはならない。

下関港を十二時に出港したこの「ゆうとぴあ号」は、翌日の午後四時ごろ青島《チンダオ》に着く。二十八時間にも及ぶ船旅だ。最初は飛行機にしようかと考えたが、以前から気になっていたこの船を利用することにした。長時間の徒然にと数冊の本を持ってきてはいるが、読む気にもなれず、今はただぼんやりと座っているだけだ。こんなことは初めてだ。せわしなく過ごしている毎日とは別世界の時間が流れていく。勉強以外にも心にかかっている問題がいくつかある。一番の懸念は父親の病気のことだった。父は青島市郊外の町の小さな町立病院の内科医である。高血圧の症状の上に最近心臓がおかしいと便りにあった。日本の病院で精密検査を受けさせたい。できれば一緒に日本に連れて帰りたいが、すぐにはパスポートやビザの準備はできないだろう。取得の手続きをしておきたい。そのための帰国でもあった。

外国人技能研修生としてどこかの企業で働いていたのだろうか、若い女性の集団が華やかな笑い声をあげながら船室の方へ消えて行った。とぎれとぎれに聞こえる話から、この船は山東半島の各地から九州あたりに働きに出る人たちがいつも使っている便らしいと察せられた。安いのが何よりの取り柄なのだろうが、都市と都市とを直接結んでいる利便性も捨てがたい。壁には、北京オリンピックを成功させようとの中国語のポスターが貼ってある。

突然、ビクッと体が反応した。医者の本能か。確かにうめき声が聞こえた。振り返ると、フロントの前のロビーにある焦げ茶色のソファ―の背に凭れるように両手を乗せ、顔をゆがめ口からわずかに絞り出すような声を出している熟年の男性がいた。しばらく見ていると何か苦しげな様子が治まりそうにない。そっと近寄って声をかけた。

「どうかなさいましたか」

「ちょっと、足がつって」

「ソファーに横になってください。どちら側ですか」

「右です。太ももです」

男性は、ソファーにもたれかかるように回り込んで身を横にした。額に深いしわを寄せ、脂汗がにじんでいる。

香明が赤い絨毯にひざまずくと、下からほのかな潮の香りがただよった。右足のかがとに手を添えて足全体をそっと持ち上げ、右手のひらで指をそりかえすように押しながら様子を見た。徐々に足全体を持ち上げて直角程に上がると男性の表情が柔らかくなった。

「ありがとうございました。助かりました」

立ち上がった男性は会釈し、太ももをもみながら軽く膝を曲げ屈伸した。

「ふくらはぎがつる人はたくさんいますけど、太ももがつるのは珍しいですね。お茶でもご一緒にいかがですか」

香明が誘うと「それじゃあ」と先ほどの丸テーブルに向かい合って座った。大柄な香明にとってこの椅子は小ぶりで座りにくい。

「コーヒーでよろしいですか、砂糖とミルクはどうしましょう」

小柄で銀縁の眼鏡をかけているこの男性は気さくに立ち上がると、自動販売機から紙コップを一つずつ丸テーブルに運んできた。地が見えるほど薄くなった髪を撫でながら、

「学生さんですか」

「いえ、医者です」

肩までの黒髪を無造作に赤い髪留めで束ね、ジーンズに地味なピンク色のカーディガンを羽織った姿からは、白衣をまとい聴診器を首にかけた女医の姿は想像しにくい。にこやかで化粧気のない丸顔の香明は、どこにいても若く見られる。

「失礼しました。私はこういう者で」

と、名刺を両手で差し出した。多木茂、医療法人△△会　○○有料老人ホーム理事と肩書きがあった。

「すみません。名刺の持ち合わせがないんですが」

「いえいえ、どうぞ、ご心配なく。中国の方じゃないんですか」

「ええ、中国人です。分かりますか？」

「ちょっとアクセントに違和感があったもので。だけど、お上手ですね。ほとんどネーティブですよ」

「もう、十年も居ますから少しは上手にならないと。でも日本語って難しいですね。ところで青島にはお仕事で」

「いいえ、遊びですよ。孔子の遺跡巡りをしたいと思って」

「私は近くに住んでいながらまだ行ったことがないんですよ」

「そんなものでしょう。日本人には孔子が好きな人が多いですよ。病院はどちらで」

「〇〇大学の付属病院で研修医をしています。一応内科が専門なんですが、地域医療や介護の勉強もしているんです。中国に帰った時、役に立つだろうと思って」

「じゃ、私の仕事とまんざら縁がないわけじゃないんですね。公務員を退職してから介護施設でお世話になっているんですけど、肩書きだけで仕事はあまりないんです。だから体がなまって、最近はすぐ足がつるんですよ」

「市販の特効薬がありますよ。漢方ですけど。青島に着いたらご案内します」

夕食の案内のアナウンスの指示に従って、下のフロアの食堂に降りた。入口にある自動販売機で食券を買ったが、ここも日本円しか使えず、メニューも日本食だけだ。中国からの折り返し便も全てがこのままなのだろうか。スタッフは全員中国人らしいけど、初めて出国する中国人旅行者はとまどうだろうなと思いながら多木と別れて個室に入り、ベッドにゆっくり腰を下ろしてから横になった。

一休みしてから、同じフロアにある浴室をのぞきに行った。四畳半ほどの広い浴槽だが、誰もいない。湯気が空気を曇らせ、シャンプーの香りがほのかに漂う。中国人はシャワーは使うが浴槽に体を浸す習慣がない。香明は日本に来て初めて風呂を知り、今では仕事に疲れた体を沈めて一日を振り返る時が唯一のリラックス時間となっている。ふと気が付くと、浴槽の湯が長い周期で左に波打ち、反動のように右に打ち寄せる。まさか人工波かとも思ったが、ああ船が揺れているんだと納得がいった。

朝は早い。久しぶりにさわやかな目覚めである。病院勤務は何かと雑用が途切れることがなく、ベッドに入るのが遅くなる分、目覚めも体が重くすっきりしない。寝ていてもいつ呼び出しがかかるか緊張感の中での睡眠だ。目覚めがさわやかと感じるのは何年ぶりだろうか。大きなガラス窓から海を見る。もう中国の領海に入っているのか、漁船らしい船影を見かけるようになった。その数が徐々に増えてくる。朝食に行くと、多木は、食後のコーヒーを海を見ながら嗜んでいるところだった。朝食は中華風のものがビュッフェ方式で並んでいる。幾つかを盆に載せて多木の横に行き、

「おはようございます。ここよろしいでしょうか」

と声をかけた。

香明の食事が終わるのを待ちかねたように多木が声をかけてきた。

「実は、孔子の遺跡巡りをするのに、何もあてがないんです。どこか適当な旅行社を紹介してもらえませんか」

「私は知らないので、家に帰ってから父に相談してみます」

「日本語ガイドがついているのがいいんですけと」

「わかりました。実は、私もお願いがあるんですけど」

「なんでもお聞きしますよ」

香明は、声を落として顔を近づけた。

「中国で手に入らない父の薬を少し持って来ているんです。私は中国では医師として認めてもらえませんので、入管で通らないかも分からないんです。申し訳ないんですけど少し持っていただけないでしょうか」

「お安いごようです。下関出国の時も日本人はチェックされなかったですよ」

香明は、大きめの紙袋に入ったものを多木に渡した。

「中を確認してください。怪しいものは入っていません」

と言いながら中身をテーブルの上に拡げた。薬局で売っている小箱の薬がいくつかあるが、大半は病院用のものである。出入りの業者に訳を話して、少し安く分けてもらった物だ。

「あまり寝られなかったので、これから一休みします」

といいながら、多木はそれを抱えて部屋に帰った。

定刻通り、四時に青島の岸壁に巨体が横づけされた。懐かしい青島の町が目の前に広がる。青空の下のじとっとした懐かしい母の香りのような潮の匂いも、魚市場のような空気の淀みも故郷のものであった。下船すると乗客は日本人と中国人に分けられそれぞれ別の部屋に連れていかれた。予想した通り全員スーツケースを開けられ、隅から隅まで点検された。「母国なのに信用されないんだ」と少し情けなくなった。多木の話では、日本人のグループは、スーツケースをそのままX線に通しただけだったという。

港には友達の朴真が車で迎えに来ていた。連絡はしていたのだが、あまり当てにもしていなかったので、正直ほっとした。大学の同級生で、長身でスリムな彼は、人ごみの中で頭一つ飛出すぐ見つけやすい。香明は薬学部に在籍し、サークル活動でＹＷＣＡ（キリスト教女子青年会）に属していた。クリスマスに合唱をしようということになり、男声メンバーを募集したところ、朴真が応募してきたのだ。その時受付をしたのが香明だった。どちらからともなく付き合っているうちに心を許す相手となった。

朴真は東北部の出身だった。哈爾浜《ハルピン》郊外の農家の出身で、早くから父を亡くし母一人子一人の家庭で、かなり貧しい生活を送ってきたと話す。冬は零下十度を下回る極寒の地で生活している神経痛持ちの母親を少しでも早く暖かい土地に移したい。そのためには自分が成功しないといけないと勉学に打ち込んで来たという。おかげで今は、パソコンの販売や修理をする会社を立ち上げて独立し、車も買ったし社長の肩書もできた。社長と言っても社員は自分一人しかいないと笑う。もう少し安定したら家を買って母を青島に呼び寄せたいという。しかし、独立したがる若者の多い中国には、社長の肩書が巷にあふれているのだ。勝負はこれからなのだと、朴真はよくメールに書いてくる。

多木を紹介し、ホテルに回ってくれるよう頼んだ。途中薬屋に寄った。街の中心部にある青島で一番名の通った店で、間口をかなり広くとっている。

店内いっぱいに広がる漢方薬独特の甘い香りが心地よい。入って少し戸惑った。商品の売り方が日本と少し違うのだ。分かっているつもりだったが、つい日本式になってしまう。中国では、売り場で伝票を書いてもらい、それを持ってレジで払いを済ませ、領収印を押した伝票を持ってもう一度売り場に行くと商品を渡してくれる前払い方式なのだ。

「これは芍薬甘草湯という腓返《こむら》りの特効薬です。薬理は分かりませんが、驚異的な薬効を示します。発症しそうになったら飲んで下さい。五分ぐらいで効き始めると思います。それから、旅行社の件ですが、明日、ご一緒に旅行社に行きましょう。九時ごろホテルに参りますから、すぐ出られるようにしていてください」

預けていた紙袋を受け取り、何度も頭を下げる多木に「お休みなさい」と会釈してホテルを後にした。

青島市郊外にある両親のアパートは、やや古ぼけた六階建のアパートである。昼間見ると窓枠や扉のペンキが剥げ落ち、赤茶色の錆が浮き出ていて鉄製であることが一目でわかる。夜は入口が薄暗い蛍光灯でぼんやりと浮き出ているだけで、周囲は暗闇に包まれている。ところどころの窓に明かりがともるが、周囲を照らし出すほどの明かりはない。十年前と同じだと思いながら四階までの階段を上った。裸のコンクリートがむき出しの狭い階段で、鉄の手すりも錆びついて、手をかけると錆がざらざらと手のひらに突き刺さってくる。それぞれの家の入口に貼ってある赤や金色でデザインされた大きな福の字の紙だけが新しい。故郷のいつもの風景のはずだのにちょっと違和感を覚える。エレベーターのないアパートで、香明のスーツケースを下げた朴真が「重い」と何度も顔をしかめながら後に続く。

「ただいま」

つい、日本語が出てしまった。両親とも日本語は全く分からない。あわてて中国語であいさつした後、無言で肩を抱きあった。父も母もずいぶん小さくなっている。背中や肩の肉がそぎ落とされたように薄くなっている。日本への出発の際同じように抱き合った時に香明の胸や掌が覚えている感覚とまるで違うのだ。大事にとっておいた感触との違いについ涙がこぼれ落ちそうになった。昔の覇気が感じられない。ただの老人ではないのかと、心が痛む。

テーブルには母親手作りの水餃子が所せましと並んでいる。水餃子は家族団欒の象徴である。毎年春節の前夜には家族総出でたくさんの水餃子を作ったものだ。香明にはずいぶん昔のことのように思える。

「さあ、ご飯にしよう」

母の弾んだ声がする。

「その前に、することがあるのよ。二人ともここに来て。ここに座って。診察するから」

なんだかんだという両親に
「年寄りは、娘のいうことを聞くものよ」

香明は慎重に聴診器を当て、触診し、血圧を測った。すぐどうこうというのではなさそうだが、父親の心臓が弱っているのが分かる。

「帰る日に検査用の採血をします。日本に帰ったらすぐ調べて結果はメールで送るからね」

朴も交え、四人で楽しい夜を過ごした。朴は、香明と知り合うとまもなく香明の家に出入りするようになった。故郷を離れての一人住まいは寂しかろうと両親は歓迎し、そのうち結婚を申し込まれた。返事は先延ばしにしているのだが、両親は婚約者扱いにしているのだ。早く帰国して家庭を持ってほしいという。

朴真は、「日本は嫌いだ」という。

「私たちが貧しいのは、日本軍が無理やり農地を奪ったからだ」

と、母は口癖のように繰り返し、学校でも
「盧溝橋事件で戦争をしかけ、人体実験をしたり毒ガスを使ったりして中国人民を苦しめてきた」

「日本軍は鬼子だ」

と、刷り込まれていた。

テレビのあるチャンネルは、今も一日中反日戦争の映画を流し続けている。新しい情報がほとんど入ってこない東北部の田舎では、学校で習った情報やテレビから流れる情報が頭の大部分を占めているのだ。それでもインターネットを通して、世界が徐々にではあるが変化していることは感じていただろう。青島の大学に入ってからは、世界の様子、日本の様子が、今まで思っていたことと大きく変わっていることは理解できたらしいが、「日本軍は鬼子」との思いは心の底に張り付いたままだ。

香明が「日本に行く」と言った時には、猛烈に反対した。そして、今も反対だという。

「医学は中国で勉強できる」

と言い張る朴真に、

「ここの薬学部は漢方薬が中心なのよ。医学部も同じようなもの。もっと他の勉強がしたいの」

と反論し、けんか別れになってしまった。本屋に行くと日本語の教科書や参考書が平積みで山のように積んである。これだけ同じ志の人がいるのだと思うと、体の芯から闘志がわいてきて、朴真には知らせないで、日本語の勉強にも取り組んだ。青島では、日本の衛星放送が見えるし、新しい情報が頻繁に流れ込んでいる。市内には日本のスーパーも進出してきている。今の日本には、朴真のいう「日本軍は鬼子」との言い分がそのまま当てはまるとは思っていなかった。

香明は悩んでいた。朴真と結婚したいと思う。結婚するためには、自分が中国に帰らないといけないのだ。しかし、今の香明には、苦節十年、折角取った医者の身分を投げ出すことなど全く考えられないことだった。日本の永住権が取れたら独立し両親を呼びたいと考える時もある。中国に帰ってもそのままでは医者としては認められない。もう一度勉強し、試験を受けなければいけないのだ。最初からではないにしてもしばらくは時間がかかる。どうしたらいいのだろうか。「いつまでも待つ」という朴をそういつまでも待たすわけにはいかないが、結論が見出せない。

父は、普段口にしない白酒を朴相手に何杯も重ね、上機嫌で床に就いた。

II

翌朝、少し早く起きて多木を旅行社に案内した。日本語ガイドに細かいことをいろいろと頼んで、「何かあったらここに電話してください」とアパートの電話番号と携帯の番号をメモして多木とガイドに渡した。アパートに帰ると、父は出勤した後だった。母との話は尽きない。

「お父さんは、自分の後任にあなたを考えているのよ。あなたが帰ってくるまでは頑張らないと、としょっちゅう言ってる。ここはコネがないと就職できないのよ。だからお父さんが元気な間に帰って来なさいよ」

「私はまだ勉強中なのよ。しなければならないことが一杯ある。ここの病院に就職するつもりはないんだから、お父さんにも無理をしないように言ってよ」

「私も最近は無理が利かなくなってね。すぐ疲れるのよ。咳が出るとなかなか止まらない」

「もう歳なんだから。二人で私のところに来てよ。人間ドックで詳しく診てもらえるから。家族訪問のビザだったら三か月居られるんだから」

ほとんど外出しないという母を「昼ごはんを一緒に食べよう」と、外に連れ出した。母と街をぶらつき、ウインドショッピングであれこれ品定めをするのは初めてのことだ。強い日差しを避けて日傘をさしかけると、そっと身を寄せてくる。香明にとっては至福のひと時であった。「おいしいものを食べよう」と最近できたという回転すし屋に入った。

「なんでこれがおいしいの？　塩気も油気も辛味もないのに。お前は毎日こんなものを食べさせられているの？　可哀想に」

「濃い味は体に毒よ、特に年寄りには。お父さんは若いとき肉ばっかり食べていたでしょう。野菜を食べないから、その影響が心臓や血圧に出てるのよ。これからは薬膳のものを食べなさいよ。日本人は薄味が好きだから、長生きしてるのよ。日本はどこに行っても元気な年寄りばっかりだよ」

青島は港街であり、日本との繋がりの歴史が古く、日本料理店も多い。母は生魚に対する抵抗はないようだったが、寿司は一口食べただけでそれ以上口にはしなかった。仕方なく餃子の店に行き、二度目の昼食をとった。晩御飯の材料でも買おうかと市場に向かっているときだった。音を消している携帯が地鳴りのような振動を伝えて来た。

「もしもし沈香明さんですか。旅行社のガイドの荘です。今曲阜《チーフ》にいるんですけど、お客さんが倒れたんです。どうしたらいいですか」

「えっ、どんな状態ですか。状況を話してください」

二、三の質問を繰り返した後、

「意識はあるんですね。多分熱中症でしょう。水を飲ませて、涼しいところで休ませてください。できるだけ早く私の家に連れて来てください。変化があったら電話してください」

といろいろ指示すると電話を切った。曲阜からだと二時間はかかるだろう。母親に事情を説明し、早く買い物を済ませて家に帰ろうと頼んだ。孔子の遺跡は孔府・孔林・孔廟の三つのエリアに分かれている。エリアの間は日陰のない長い道を歩かねばならない。今日は、五月には珍しく日差しの強い日である。歩いている間に、疲れがでたのだろう。

香明一家はクリスチャン家族である。教会には、お金がなくその日暮らしの人がたくさん来ている。制度として健康保険はあるが、お金がなければ保険には入れない。病気になっても医者に行く余裕のない人が大勢いるのだ。教会で「ちょって診てください」と頼まれると、断りきれず診察や治療をすることになる。病院外での医療行為は違法である。しかし、父は病人を目の前にして、それを無視したり断ったりすることができなかったのだ。当然費用はもらっていない。それがエスカレートし、家に訪ねてくる患者、往診を頼む患者が出るようになってしまった。そのための簡単な医療器具や薬が家や教会に置いてある。当局は当然知っているだろうが、黙認しているようだった。しかし、いつ咎められるか、薄氷を踏む思いの毎日なんだろうと胸が痛む。

ぽつぽつと窓に灯りがともる頃、多木が運転手の肩に担がれるようにアパートに担ぎ込まれた。

かなり弱ってはいるが、なんとか歩けるぐらいには回復している。香明は診察を済ますと、

「軽い熱中症です。点滴しましょう。ソファーに横になって下さい」

慣れた手つきで点滴をセットし「三十分ほどかかりますから、ゆっくり休んでください」と言い残して、食卓の方に戻り、運転手とガイドに「お世話になりました」とお茶を出した。

「点滴が済んだら一緒に食事しませんか。残り物だけど餃子があるから」

始めは遠慮勝ちだったガイドの荘は話好きだった。しゃべり出すと止まらない。日本語もかなり達者だ。

「日本に留学することが夢なんです。そのために一生懸命貯金しています。日本のことを教えてください」

と、思いつくままに質問を矢のように浴びせてくる。香明はその一つ一つに丁寧に答えた。日本語の発音やリズムもかなりしっかりしている。真剣に勉強を続けているのだなと香明は好感を持って接した。父が帰ってきて、にぎやかな食卓になった。父は、最新の医療事情を聞きたがった。時間はアッという間に過ぎていく。

「もっとお話を伺いたいんですが、できたらお時間をとっていただけませんか」

「じゃ、明日電話するから」

ガイドの荘と時間の約束をし、多木をホテルに無事にとどけるように頼んで送り出した。

突然家の電話が鳴った。

「お父さん、教会の張さんから、子どもさんが急に熱を出したんだって。今診てもらえないかって」

「じゃ、出かけてくるよ」

「私が行く」

香明は反射的に立ち上がっていた。

「大通りのコンビニの前で、案内の人が待っているから」

父が愛用している医療器具の入っている黒いカバンを抱え、心配そうに見送る母に「すぐ帰るから」と、母国での初仕事にうきうきと階段を下りていった。

車で連れて行かれたところは、郊外の農家だった。戸の無い低い入口を頭を下げて入ると四畳半ほどの土間の台所だ。土間の真ん中に小さなテーブルと数脚の丸椅子が置いてある。

土間はは凸凹で机と椅子はちぐはぐな方に傾いている。壁際に細い木をひもで組んだ手作りの棚があり、わずかの食器がのっている。隅に竈《かまど》があり、その横に小さなプロパンガスのボンベが立てかけてある。燃料のある時は竈を使い、ない時はプロパンガスを使っているのだろう。台所の奥に三坪ほどの庭があり、雑草が生い茂っている。その隅にレンガを積んで目隠しにしたトイレがある。屋根なしだ。その庭の奥が住居だった。四畳半ほどの板張りのじっとりと湿り何年もの汗がそのまま漂っているような淀んだ空気の中で、薄っぺらな蒲団に三歳ぐらいの男の子が寝ていた。栄養失調のためだろう、目ばかりが大きく香明を見上げる目は輝きがなくうつろである。

薄暗い電灯の下でやせ細って肋骨が浮き出た胸に聴診器を当てた。入院さえしてくれれば、血液検査もレントゲン検査もでき、栄養補給もできるのだがと香明は思う。聴診器も気休めの診察でしかない。健康保険には入っていない、父親は出稼ぎに行くといって出て行ったまま帰ってこない、わずかな土地に野菜を植えているが売るほどはとれない。市場の掃除を日雇いでやっているが薬屋で漢方薬を買うお金もないと、母親はぼそぼそと愚痴る。母親に頭を冷やすように言い、数種類の薬を置いて外に出た。経済格差があるとは知っていたが、子どもの命が守れない格差とは、いったい何なのだろうかと無性に腹が立ってくる。

近所の人だろうか、数人が固まって中を覗き込んでいる。その人たちに挨拶をして車の待っている通りに向かって歩き出した。雑草の湿り気が足首の靴下の中にまで伝わる畔道である。一軒の農家の角を曲がったところで呼び止められた。警察官だった。

「いま、診察をしていたのだろう」

うっ、と言葉に詰まった。日本の習慣で首に聴診器をかけたままだった。「ちょっと警察まで来てもらおう」とパトカーに押し込められた。案内の人に「家に電話を」とジェスチャーで合図すると言われるままにパトカーに乗り込んだ。私服の人が香明の横に座った。刑事らしいその人の横顔を見たが無表情だ。「これは困ったことになった。どうしたらいいんだろうか」。

高ぶった気持ちが少し落ち着くと、いろいろなことが頭の中を駆け巡る。特別な認可を受けている人や緊急の場合以外、病院外で医療行為をすると違法行為になることは知っていた。しかも、自分は無免許である。中国では医者ではなくただの民間人である。街外れの小さな派出所に連れ込まれた。プレハブのような一階建で、外観が空色に塗ってある。入ったところが四畳半ほどのモルタル張りで、真ん中に机が一つと椅子が二脚ある。横の扉を開けると同じようなつくりの小さな部屋があり、そこに座れと指示された。若い警官が前に座り、帽子を脱いで机の上に置いた。

「身分証明書を見せろ」

やや言葉が乱雑になった。

定期券と一緒に大学の身分証明書が入っている。

「なんだ、これ日本語じゃないか。お前は日本人か。これ、なんと書いてあるんだ」

「いえ、中国人です」

「中国人がなんで日本語の証明書を持っているんだ。なんで今頃うろついているんだ」

これはややこしいことになった。どの程度説明したら分かってもらえるのだろうか。ともかく話をしないといけない、と腹を決めた。

「青島市出身で、日本で医者をしている。親が病気なので見舞いに帰ってきた。知り合いが病気になったというので、ちょっと覗きに来ただけだ」

「うそつけ。お前が診察をしていたとちゃんと電話が入っているんだ。血圧も計っただろう。証人もいる。許可を持っていない者が医療行為をしたら法律違反になることはわかっているな。帰国したのだったらパスポートを持っているんだろう。見せろ」

医者に診てもらえない誰かが、羨ましくて密告したのだろうか。

香明は何かの時に困らないようにとパスポートにはいつも現金を挟んでいる。警官が開いたとたん四つ折りにした真新しい百元紙幣がはらりと机上に落ちた。警官はじっとそれを眺め、ゆっくりと香明を見上げるように顔を上げた。その眼の中に、先ほどの鋭さがなく何か甘えのような影があるのを感じた。机の上に置いている右手を、手のひらを上にしてそっと掃くようなしぐさをし、顔をわずかに下に振った。警官は置いてある帽子を引き寄せるふりをしながら帽子の下に紙幣を隠しゆっくり引き寄せた。香明はふっと肩の力が抜けた。その時ノックもなくバタンと音がしたかと思うと、ぬっと年配の警官が入ってきた。続いて父が顔をだした。狼狽した若い警官はぴょこんと飛び上がるように立ちあがると敬礼をして迎え入れた。帽子は机の上に置いたままである。年配の警官は取り調べの警官に早口で二言三言どなるように言うと、香明に、

「帰って結構です。今後、人に誤解されるような行動はとらないように」

といった趣旨の注意をし、香明のためにドアを開けてくれた。

「分署の署長だ。以前からの友達なので頼んだんだよ。香明のお土産のブランデーを渡しておいた。だけどよかったよ。心配したよ」

「ありがとう。ブランデー、お父さんのために奮発して高いフランス物を買ってきたんだよ。もっと安いのにしといたらよかった」

「危ないとこだったよ。本署に送られてたら今日すぐという訳にはいかなかっただろう」

III

翌朝目覚めた時には父は出勤した後だった。寝間着のまま母と話していると、電話が鳴った。多木からだった。

「昨日は大変ご迷惑をかけました。お礼と言っちゃなんですが、今夜の食事、お父さんとお母さんをご招待したいんですがいかがでしょうか」

「父はもう仕事に行っていますので、電話して都合を聞いてみます。いったん切ります。三十分以内にはご返事できると思いますが」

「結構です。私の泊まっているホテルの一番上に日本料理店があるんですが、そこでよろしいでしょうか」

すぐ父親に電話するとそれでいい、とのことだった。ホテルに電話を入れようとしていると、ガイドの荘から電話が入った。

「今日午後お会いする約束をしてたんですが、急用が入ったので、すみませんが後日に変えていただけないでしょうか」

「ああ、いいですよ。それよりも、今晩は忙しい？」

「いえ、あいてますけど」

「じゃ、一緒に食事しない？」

「いいですけど」

「じゃ、今晩六時に、多木さんの泊まっているホテルの最上階、日本料理店の大和に来てちょうだい」

香明は電話を切るとすぐ多木に電話をいれ、朴と荘の同席を承諾してもらった。多木に、

「私が全員を招待するのだから、あなたはお金の心配をしないで下さい」

と念を押された。

それぞれの思惑が重なった賑やかな夕食会となった。荘は、

「留学したい。どうしたらいいか教えてほしい」

と言うし、多木はおもむろに、

「中国で介護関係のビジネスは受け入れてもらえるだろうか」

と切り出した。

「一人っ子政策で、将来独居老人が大量に出る可能性があるでしょう。その受け皿が絶対に必要になりますよ」

「しかし、お金を出してまで施設に入ろうという人は少ないでしょう」

「小金のある人は利用したいと思うかもしれませんね。しかし、中国人は共同で生活するという習慣が乏しいから、事業として成功するかどうかは今の段階では分かりませんよ」

「絶対必要な施設ですよ。これからは、寿命も伸びるだろうし。だけど、今はまだそこまで考え

る人は少ないでしょう。環境問題や公害問題も今になって、やっと皆自覚しはじめたんだから」

「親の老後は子どもが責任を持つというのが伝統的考えだったんですけど、今の中国にはいろいろ何々族と言われる人たちが増えているんですよ。例えば、月光族とかすねかじり族とか」

「月光族ってなんですか」

「昔の人はできるだけ節約しよう、貯金しようと考えていたんですが、給料をきれいさっぱり使い果たすっていう人たちが現れてきたんです。その人たちのことなんです」

「すねかじり族は」

「言葉のとおり。いわゆるパラサイト・シングルです。いつまでたっても独立しようとしない人や就職しようとしない人」

「九十后（一九九〇年以後に生まれた人）と呼ばれる自分中心の人たちもかなり増えて来ています。価値観が多様になってますね」

「富裕層とそうじゃない人の差が大きすぎるんですよ。金持ちは儲けた金を社会に還元しようとするところまではいっていない」

「まあ、人のことはともかく、それぞれお願いすることがあるんですよね」

荘が一番に身を乗り出した。多木に、

「留学できたら介護の仕事を覚えたいんです。どうしたらいいですか」

と切り出した。

「介護のことなら任せてください。私のところに来てくれたら、すべて面倒を見ます」

「何か資格がとれますか」

「難しい問題です。経済協定を結んでいるインドネシアとかフィリピンの人は頑張ったらとれる資格があるんですが、中国の場合は調べてみないと分かりません。しかし、日本で資格を取っても中国で役に立つかどうか分かりませんよ」

「ビザはどうなりますか」

「就学ビザで大丈夫ですよ。うちでアルバイトをしながら日本語と介護を勉強したらいいでしょう。沈先生も応援してくれるでしょう」

朴は、黙ってにこにこと話を聞いているだけだった。

「多木さんの願いってなんですか」

「いやー、あなた方のように純粋じゃないんですよ。中国で介護がビジネスとして成り立つかどうかの調査です。それと、人集めです」

「なにしろ、富裕層が日本の人口よりも多くなるのではと言われているんですから、将来性はあると思いますよ。しかし、今すぐというわけにはいかないでしょう」

「介護器具の開発や販売は可能じゃないですか」

いろいろな意見が出て時間のたつのも忘れてしまうほどだった。香明には、普段味わったことのない世界に触れた思いで新鮮だった。香明は自分のことよりも、両親をどうしたらいいのか心を悩ましていた。自分としては日本で一緒に住みたい、自分の病院で自分が面倒を見たいと思う。しかし、両親の思いは別のところにあるようで、無理強いするとかえってストレスがたまり悪影響が出るのではとの懸念がある。

両親は黙って懐石料理を食べてくれた。日本食は味が薄いと言っていた母も、今日は黙って箸を動かしている。はたしておいしいと思っているのだろうか。食が合わないと、無理に日本に連れて行っても、長居はできないだろう。

「朴さんは日本に来る気はないんですか。来るんだったら、うちに来てほしいんですが。大学に行くんだったら、費用は私の方で出させてもらいます」

「どうしたんですか」

「中国で事業を展開するための人材がほしいんです。朴さんだったら最高なんだけど」

「すみません。行く気は全くないんです」

「曲阜はどうでしたか」

父が話題を変えてきた。

「ゆっくり見たかったんですが、あんなことでご迷惑をかけてしまって。もう一度ゆっくり時間をとって来ますよ。中国には見たいところが山ほどありますからね」

「中国に住んだらどうですか」

「いやいや、そんな身分じゃないですよ。青島はいいんですが、べつの土地に行くと、食事が食べられなくて」

「お口に合わないんですか」

「ええ、脂っこいものや辛い物はだめなんです。それに中国語も分からないし」

「明日は日曜日ですが、予定はどうですか」

「何も入っていません」

「よかったら私たちの教会にいらっしゃいませんか。百年前にドイツ人が建てた教会です。市の重要歴史的建造物に指定されているんです。ドイツの国も文化遺産に指定しているんです。百年前の大時計も動いていますよ」

「それはぜひ見たいです。だけど午前中は礼拝があるんでしょう。午後伺います。午前中は一人で町の中を散歩します」

「ビール工場があるのをご存じですか」

「青島ビールですね。日本でも有名ですよ」

「これもドイツ人が作った工場です。一時日本人が管理していた時があるんですが、今は中国人だけでビールを作っています。中に資料館もあります」


日曜日、十年前と同じように朴真を誘い、四人そろって教会に出かけた。ここでは富裕層も貧困者も区別がない。旧知の人たちは、手を取って喜んでくれた。「立派になったね」「お医者さんだってね」「もう、ずっと青島にいるの」などいろいろと声をかけてくれる。両親がことあるごとに娘の自慢を言いふらしているに違いない。

さっそく父にお呼びがかかった。六畳ほどの二階の別室に行くと、子どもを抱えた母親が五人ほど座っている。皆一目で貧困者だとわかる。教会員かどうかは分からないが、区別はしていないようだ。父は手際よく聴診器を当て触診し、目や口腔内を診る。いつもだったら母親に見立てを言い薬を渡して終わりになるのだろうが、今日は違っていた。いちいち娘の顔を覗き込むように「お前の意見は？」とか「お前だったらどんな処方をする？」と所見を聞くのだった。一見頼りなさそうだが、見方によっては力を試されているようにも見えるし、専門用語での会話を楽しんでいるようにも見える。香明もこの時間が楽しかった。いつかは自分が中心になっている夢を見たいと思うと、心が熱くなった。日本で独立したいと思う夢と、教会での貧困者救済活動の中心になっている夢とどう折り合いをつければいいのか。

「年配の人にも診てほしいと頼まれているんだけど、それは断っている」

「どうして」

「子どもだったら言い訳がしやすい。それにもう手一杯なんだよ。薬代にも余裕がない。同じ助けるのだったら短い命よりも長い命を助けたい」

「この教会は、山の上でしょう。年寄りが来るとなると大変ですね。もし将来、年配者も視野に入れるのだったら、バリヤフリーを考えないと」

「教会がその拠点になれるんだったら、沈さん、その中心になってもらえますか」

牧師が身を乗り出してきた。長年にわたってこの教会を守り、香明が幼児洗礼を受けた長老である。

香明は言葉に詰まった。今は日本の医者になりきっているつもりだ。生活も思考も全て今の大学に軸足を置いて回っているのだ。

「いやー、まだ本当の医者ではないので、そこまで考えていません」

と言って逃げるしかなかった。

香明はふと思う。

「聴診器と血圧計だけで何が出来るというのだ。病院に行けない人に、本当の病名や見通しを告げることに意味があるのだろうか。親に希望を失わさせるだけではないのか」

香明には、教会から頼まれた仕事がもう一つあった。夜、貧困地区で、子どもの伝染病について話してほしいということだった。疫学的な知識も準備もない人たちがたくさんいる。その人たちの集まりで、家庭でできる予防法などについての講演依頼である。夏を控えた今、O－157だとか、食中毒など話すことはいっぱいある。最近は公害とか環境問題などの意識が高まってきているので、受け入れてくれる機運は高まっていると考えられる。三十分程度と依頼されていたので、その準備はできている。

午後は、荘のガイドでゆっくりと多木を案内した。荘はさすがプロである。ドイツや日本の統治時代も含めて、青島の良さを要領よくコンパクトに紹介してくれる。香明にとってもこんなにゆっくりと青島を見て回るのは初めてだった。幼い頃から多忙な父を見つめ、それを支える母の姿しか、記憶にない。正直なところ、自分の故郷を人に自慢できるだけの知識は全く持っていなかった。家族でゆっくりと共通の時間を持てたのは初めてだろうと思う。

IV

夜の街は雑然としている。油のすえた臭いの立ち込める屋台の並んでいる大通りを人込みを分けて歩き、繁華街への近道へと土壁の続いている路地に入った。裏通りに入ると、別世界に来たように雰囲気が一変する。人とすれ違う度にショルダーバッグを上から触り、ふたが開いていないか財布が無事なのかを確認しながら歩いた。凸凹のある石畳で、落ち込んだ穴には泥水がたまり野菜のくずやビニール袋がぺっちゃりと張り付いている。人ごみの中の観光客と思われる人たちの表情にはそれほどの緊張感は見られないが、久しぶりの香明はやや緊張気味だ。「自分の故郷だのに」とそっと苦笑いをする。目立たない服装でと言われていたので、ジーンズの上下にスニーカーを履いているが、肩幅が張り骨太な身長百六十五センチの体は人ごみの中でもよく目立つ。約束した場所で案内の人と合流した。教会の男性役員の一人で子どもの頃からよく声を掛けてくれた一人だ。初めてで見知らぬ地域に入る。故郷でも知らないところばかりだと、半ば感心しながら露地を縫うようにたどる。案内の役員さんは一言もしゃべらない。徐々に妙な緊張感が高まってきた。ただの講演会ではないのかといぶかり出した時「着きました」と声がかかった。

会場は路地の角に建っている二階建ての赤土の土蔵であった。三十センチほどの高さの石組みの土台の上に四方を囲った裸の土壁がのり、その上に粗末な屋根が乗っている。上塗りはなく、そうとう年数が経っているのだろう、ひっかいて土を落としたような窪みがあちこちにあり、黒ずんで灰色に近いところや練りこんである藁がちょこちょこと飛び出しているところもある。一階に窓はなく、二階の高さに小さな明かり取りのような窓が一つ見える。促されて中に入った。

二十坪ほどの小さな会場である。農家の倉庫を改造したもののようだ。簡単な中二階が庇のように頭の上にかぶさり、その上の小窓からやや明るい夜の光が差し込んでいる。下は凸凹のある土間である。木の長椅子が十脚ほど並べてあってその前に教卓のような小さな机がおいてある。中二階の端に小さな蛍光灯が一つぶら下がっている。ほぼ満員だった。空気の流れの悪い会場は人いきれでむせ返るようである。日本の空気に慣れてしまっている香明には、一歩踏み入れた時は窒息しそうで肺に悪寒が走るようなつらい一瞬だった。お客さんは知らない顔ばかりだが、周囲に立っている人は、緊張した教会の役員ばかりだ。牧師さんは来ていない。しかし、雰囲気は教会主催の集会のような感じがする。教会主催とすると無届の違法集会ではないのか。気楽に構えていた香明も締め付けられるような緊張感に顔がこわばった。

役員の一人が挨拶し讃美歌を一曲歌い簡単な祈りの後で、「日本で活躍している現職の医者」

と香明が紹介された。後がどうなるのか、なにか時間が香明の思惑と違った方に進んでいる感じだ。香明は食中毒やO－157の恐ろしさを分かり易く説明して簡単な予防法を紹介し、予防を徹底するよう口を酸っぱくして説いた。暑くなっていくこの時期特に危険なので、母の手で子どもの命を守って欲しいと締めくくった。最後に子どもの命を守るのは国や行政の責任だが、今の段階では十分でない、あなた方がしっかりしないとだめだと付け加えた。まだ集会は続くというので、先に失礼しますと街に出、しばらくぶらついて家に帰った。母の好きな小龍包を二人分包んでもらい、まだ半分高揚した気持ちの残った体を冷やすようにゆっくりとした歩調でアパートの階段を上った。

母親が血相変えて香明を待っていた。

「大変。さっきの集会の会場に警察が踏み込んで、役員さんが何人か逮捕されたらしい」

香明はそのまま家を飛び出した。タクシーを拾って会場の近くまで行き、人ごみの中から覗くと、何人もの制服の警察官が会場の入り口を封鎖している。遠巻きにしている群衆の中には、先ほど香明の話を聞いていた人たちがいるのだろうか。少しでも近づこうと肩先から割って入ろうとすると、突然二の腕を掴まれ後ろに引っ張られた。

「何するの」

叫ぼうとして顔を仰ぐと朴真だ。黙って首を横に振ると「こっちに」と掴まれたまま引きずられるように大通りにでた。

「君は近づいちゃだめだ。私服の刑事が混ざっている」

その足で教会に駆け込んだ。主だった人は皆集まっている。

「拘束されている人たちを何とか助けなきゃ」

「どうやって」

「長老さんに出向いてもらう以外に方法がないのでは」

その長老が、香明に、

「君はここにいちゃだめだ。すぐ家に帰りなさい。朴君、頼んだよ」

何度かの押し問答のすえ、朴に連れられてアパートに帰った。

ほっとした両親の顔が香明の胸を締め付ける。

「明日の船は何時なの？」

「夜の八時出港だから、六時にはチェックインしないといけない」

「じゃ、晩御飯は四時ぐらいにしましょう。何が食べたいの」

「当分お母さんの手料理は食べられないね。だけど、今家にある材料でできるものでいいよ」

「荷物の整理は明日できるでしょう。もう休みなさい」

父親の労りに満ちた声を素直に聞いてそのままベッドに横になった。

ああ、疲れた——。

全身の筋肉が一挙に弛緩され、頭も霞の中に入ったように混沌の中に沈んでいった。

V

少し遅めの目覚めだった。父親の声が聞こえる。「どうしたの？」と訝って頭を上げると、

「今日は休みをもらったよ。昼、外で食べてから一緒に買い物に行こう」

何年ぶりのことだろうか。両親と街をぶらついたことなど子どもの時以外には記憶にない。繁華街にある有名な餃子専門店で昼食を取りながらポツリと言った。

「お土産を買わなくちゃ」

「何人分ぐらい必要なの」

母がにこやかに尋ねる。

「ええと、大学の教室の皆でしょう。病院のスタッフ、アパートの大家さん、身元保証人の千葉さん、アルバイトで教えている中国語教室のみんな、それから日本語の先生、ずいぶんいるんだな。改めて考えるとずいぶん多くの人にお世話になってるんだ」

「何を買うつもり？　土産物屋に行ったら？」

「土産物じゃなくて、私たちが普段食べているようなもの。お菓子とか青島ビールとか」

「だったらお茶にしなさいよ。龍井茶とか鉄観音茶とか」

「日本にもお茶はいっぱいあるからね。そうだ、薬用茶にしよう。クコの実とか、菊の花なんか

が入っている薬膳に使うお茶」

「それだったらイオンがいいよ。最近できた日本のデパートだよ」

「イオンはデパートじゃなくてスーパーでしょう」

「指導教授にお茶ではだめだよ」

父が口を挟んでくる。

「どうせなら茅台酒にしなさいよ」

「高いでしょう」

「お父さんが出すよ」

和やかな会話が続く。

船の旅は荷物の重量制限がないので、いろいろと買い物ができる。「これ、一人で持てるの？」「リュックにでも入れようか」「段ボールの箱の方がいいんじゃない」などと、三人が持ちきれないほど荷物を抱えてタクシーを拾おうとした時だった。香明の携帯がバッグの中で骨にまで伝わるような無音の唸りを上げた。それを耳に当てた香明の顔色がみるみる青ざめた。

財布から百元紙幣を抜き取ると、それを父親に渡し、

「ごめん、急用ができたので荷物を持って先に帰ってよ。これタクシー代」

「どこに行くの」

母親の声を無視するように手を上げてタクシーを止め、

「ごめん」

と一言残して乗り込んだ。

昨夜講演した集会所だ。足早に路地に駆け込むと、急に空気が土埃臭くなった。人が集まって、その先に警察官の姿が見える。人ごみで前に進めない。頭越しに見えるのは、もうもうとした土煙で、工事車両のエンジン音が地唸りのように響いてくる。

「何があったの？」

横にいたおばさんに聞いた。

「よく分からないけど、土壁の集会所を警察が壊しているらしい」

「どうして」

「わからない」

何とかして近づこうともがいている時、急に腕をつかまれて後ろに引っ張られた。振り返ると朴真だった。

「近づいたらだめだって言っただろう」

少し怒りを込めた押し殺したような声が耳元で聞こえると、腕を引っ張られたまま大通りに逆戻りした。

「何があったのよ。分かるように説明してよ」

「ひとまず、俺の車に乗れ」

朴は近くの歩道に乗り上げるように駐車していた車に香明を強引に押し込むと急いで発進させた。

「あの集会所が警察に壊され、教会員が二人逮捕された」

「あなたは仕事中でしょう。どうしてここにいるのよ」

「警察にいる友達が連絡してくれたんだ」

数分沈黙が続いた後少し落ち着いた声で話し始めた。

「理由はよく分からない。無許可集会を徹底的に取り締まるつもりらしい。君が講演したことがはっきりしたら、君の身柄を抑えに来るかも分からない」

車は教会の前庭に入った。もう人が集まってきている。しかし、教会の中心である牧師の姿が見当たらない。どうしたらいいか相談しようと思っていたのだが、どこにもいない。「牧師さんは」と尋ねると、「身を隠してもらっている」と年配の役員の一人が、耳元でささやいてくれた。逮捕者は前日の分を加え四人になっている。

「みなさん、成行きを見守りましょう。どうしたらいいのかわかりませんが、ばたばたすると返って逆効果になるのでは」

長老の言葉に、皆黙って座り込んだ。

「このままでは、日本に戻れない。私一人だけ、逃げ出したくない」

次々と新しい情報が入るが、釈放につながるようなものは何一つない。せめて安心できる情報が出るまではここにいようと心に決めた。「早く家に帰れ」という朴真の言葉にも耳を貸さなかった。時間は刻々と過ぎて行く。父親から電話が入った。

「さっき、分署の署長と連絡がとれた。いきさつがだいたい分かったよ」

父の力のない声がぼそぼそと耳に届く。

「うちの教会の非合法活動には、以前から注目していたらしい。お前も知っているように、中国の宗教活動は認可された教会にだけ許されている。それにはいろいろな制限つきだ。それを破って地域外で集会を開いたので、会場を破壊した。ところが何人かが公務執行を妨害したので逮捕したというのだ。これは本署扱いなので、分署長の力ではどうしようもない。困ったことが一つある。お前の講演はすべて録音を取られているらしい。その中で、子どもの命を守るのは行政や政府の責任だと言ったというのだ。これは明らかな政府批判だと問題にしている連中がいるらしい。表ざたになる前に日本に帰りなさい。出港は何時だ」

朴真は、

「杭州で建築途中の教会が破壊されたらしい。東北地方では牧師が逮捕されたとの情報もある。すぐ帰って、最低必要なものだけ持ってタクシーで港へ行きなさい。僕は仕事が途中だから会社に帰る」

と言って、教会を出て行った。

しかし、香明は動けなかった。自分の不用意な言葉が皆に迷惑をかけている。それが重く心にのしかかって、体を縛りつけている。

「講演会をしたこと自体が違法だったんです。我々は、それを承知であえて強行したのです。どこの教会もぎりぎりのところで教会活動をしているんです。あなたを巻き込んでしまって申し訳なく思っています」

役員が何度もそういってくれるのだが、香明は体が動かなかった。

警察に集団で釈放を求めて抗議に行くという。香明は当然のことのように抗議団の中に入った。主だった人が止めてくれたが、香明は聞かなかった。

二十人ほどの者が警察本署の門のところに集まった。道路に面したところが高い鉄柵で厳重に仕切られ、大きい庭の奥に警察の建物があり、何人もの制服の警官が警備している。鉄柵の入口で阻止され、それ以上は中に入れて貰えない。口々に何か言うが、言質を取られることを恐れて自制しながらの言葉なので迫力がない。

「今日は、この状態のままでしょう。お願いだから家に帰ってほしい」

との長老の言葉で香明もやっと帰る気になった。もう夕闇に包まれかけている。船の出港にはとうてい間に合わない時間になっていた。

今日は月曜日、今日の船便を逃すと次の便は木曜日である。一週間に二便しかないのだ。職場には木曜日から出るようにしているので、連絡を入れて休暇の延長を了承してもらわなければならない。船では、多木がいらいらしながら香明を探しているだろう。

「みなさん今日は一応引き取ってください」

の長老の声でやっと解散した。

アパートに帰ると、両親が涙をいっぱいにためた顔で迎えてくれた。

「よかった」

と、力いっぱい抱きしめてくれる。「心配かけてしまった。自分はいつ親孝行ができるのだろうか」と心で泣いた。

朴が飛び込んできた。

「明日の飛行機が取れました。荘さんに取ってもらったんです。青島から国内便で上海の浦東空港に回り、そこから関西空港に行く便で、これしかないんです。家を五時に出ます。香明がまた何かやらかしたら困るから、今晩ここに泊まります。僕が無理やりにでも空港に引っ張って行って飛行機に乗せますから」

両親にそう説明すると、香明に、

「すぐ荷物を作って。十五キロ以内だからね。持てるのはスーツケース一つだけだ」

「お土産は？」と、口に出かかった言葉を香明は飲み込んだ。

今まで聞いたことのないピリッとした逆らうことを許さない声だった。

見送りは朴だけだった。心配ごとをいっぱい残しての日本行になってしまった。しかし、朴のきりっとした素早い行動力に、今まで知らなかったビジネスマンの顔を見た思いで、その横顔を頼もしく眩しく見つめた。

ゲートに入る一歩手前で呼び止められた。振り返ると、

「俺が日本に行く。そしたら結婚しよう」

と、片手を差し出した。

香明は吊られるように、

「うん」

と、顔を大きく縦に振って、それを右手で握りしめた。

佳美

佳　美

Ⅰ

「どうしたらいいの？　何もわからない」

いきなり僕の胸にしがみついた佳美《よしみ》は、小さく嗚咽をもらし顔を押しつけてきた。

「心配しなくてもいいよ。俺がいるんだ」

背中をゆっくりとなでる僕の掌に肉の落ちた肩甲骨の固さが伝わってくる。佳美の肩を引き寄せたまましばらく時が流れた。

佳美がアルツハイマー型認知症と宣告されてからもう六年が過ぎようとしていた。この鉄筋三階建ての介護付き有料老人ホームの三階にあるグループホーム「安らぎの里」に入居してから三年が経った。色白で細身の体は昔のままだが、頭は銀髪となり首筋から耳のあたりにかけては帯のように黒髪が残っている。専門学校の非常勤講師を退職した後ボランティア活動に積極的に参加している僕は、その合間を見つけては二歳歳下の佳美と少しの時間でも一緒にいたいとこのグループホームを毎日訪れている。

ここには外壁に沿うように廊下がある。外側には金網入りの強化ガラスの窓があり、窓の下の壁には腰の高さに木目が美しい白木の手すりが付けられている。

足がやや不自由になった佳美の肩を抱いて昼食後の散歩をしている途中だった。佳美がふと足を止めてしばらく遠くに見える初冬の山波に視線を移した後、突然僕の胸に顔をうずめてきた。

自分の病気のことについて何も分かっていないのではないかと思っていた僕は、一瞬ためらったが、背中に手をまわし、

「大丈夫だよ」

と、耳元で囁いた。

佳美には直接告知はしていない。しかし、病院での医者とのやりとりや実家の兄弟との話の中で何かを悟っていることだけは確かだった。

もう、何年前になるのだろうか。

夕食の後片付けを手伝っている時だった。ふと気が付くと佳美はスプーンを普段収納している引出とは違った場所に入れている。

「スプーンはこっちの引出じゃなかったの？」

「あっ、そうだったね」

佳美は素直に入れ直した。

しかし、そうした間違いの頻度は少しずつ増えていった。

「お互いに歳をとったな。俺もそのうち間違えるようになるんだろうな。仕方ないか」

と、佳美の顔を見ながら話すと、

「そうだね。仕方ないね」

と、笑顔を返してくる。

ある日、夕食の後片付けを手伝っていると妙なことに気が付いた。流しで食器を洗っている佳美は、洗剤の付いたスポンジで食器を丁寧にするとそのまま水切りかごに並べている。

「これ、水洗いしないとだめじゃないの」

「これでいいのよ」

「洗剤を落とさないと口に入るよ。洗剤は毒だよ」

「じゃ、あなた洗いなさいよ」

佳美は、急に顔を曇らせスポンジを放り出すと、そのまま台所から出て行ってしまった。僕にちらっと送った視線には怒りとは違う光が混じっていた。いつごろから洗剤のついたままの食器を使っていたのだろうか。僕は不安になると同時に「これはおかしい」と感じ始めた。単なる物忘れじゃないんじゃないか。僕は佳美が洗って水切りかごに入れている食器を就寝前にもう一度水洗いをするようになった。佳美はそれを黙って見ているだけだった。

北国から雪の便りが聞こえ始めた朝、

「冬大根が出始めたよ。久しぶりにふろ吹き大根が食べたいな」

と言い残して出勤した。

少し早めに帰宅した僕が目にしたのは、レシピを必死に読んでいる佳美の姿だった。僕が居間に入ったのに気が付かず読みふけっている。かけた声に振り返り、驚きで大きく丸く開いた目の奥に、何か見られたくないものを見られたようなおびえた影が宿った。開けたページにはふろ吹き大根の写真が大きく出ている。これは佳美の得意料理の一つではなかったのか。台湾人女性が主宰する中華料理の教室に生き甲斐だと通っていたほどの料理好きの佳美は、母親譲りの家庭料理の味を持っている。

ふろ吹き大根は「我が家の冬の定番料理」である。暇な時には「大野が原に大根を買いに行こうよ」と佳美を誘い、わずか数本の高原大根を求めて一日かけた雪道のドライブを楽しんだこともある。これまで「我が家の定番料理」でレシピを見ている姿を目にしたことはなかった。「おや」と思ったが、急ぎの仕事を抱えて帰宅した僕はそのまま書斎に入った。

仕事のない日、

「ちょっと調子が悪いから病院に行くよ。一緒に行こう」

と連れ出した。

「ついでに診てもらったら」

「どうして？　病気でもないのに受けたくない」

「森先生には長い間会ってないんだろう。挨拶ぐらいはしなさいよ」

とおびえた表情で抵抗する佳美をなんとかなだめて診察室に連れこんだ。

医者は古くから懇意にしてもらっている成人病の専門医である。

「佳美が変なんですよ。それとは分からないように診てもらえませんか」

と事前にお願いしていた。診察後、

「佳美さんはちょっと外で待っていてもらえますか」

と、僕一人に、

「前頭葉に動脈血栓があるでしょう。これによる記憶障害ですね」

と、パソコンの立体画像を見ながら説明された。

「歳とったので物忘れが始まったんだって。薬をもらって来たよ。晩御飯の後飲むんだって」

と帰り支度をしながら佳美には説明した。しかし、佳美の表情はそれを納得したものではなかった。黙って僕を見つめる目は何かを訴えようとしている。

「何かを恐れている」

と僕は佳美の全身から伝わってくる何か波動のようなものを感じた。

時間の経過と共に症状の進行が僕の目にも見えるようになってきた。もう一度口実を作って病院に連れて行った。幸か不幸かちょうど大学病院の神経精神科医の出向診察日だった。

「アルツハイマー病による認知障害と記憶障害」

と、はっきり診断された。数日悩んだ僕は「告知しない」と心に決めた。

佳美は両親を癌で亡くしている。自分が癌に侵されることをある程度覚悟していたようで、

「どんなことがあっても延命措置はとらないでほしい」

と話していた。しかし、まさかアルツハイマーが発症するとは予想もしていなかったに違いない。僕は衝撃を受けた。

「この後一生重荷を背負うことになるのか。何か別の人生を選択する方法はないのか」

と、一日思い悩んだ末、

「これが神様から与えられた人生」

との思いにたどりついた。そして、この現実に自分の残りの人生を寄り添わせる決心がついた。

II

徘徊が始まったのはアルツハイマーと診断されてから間もなくだった。佳美の姿が見えないなと気になっていた時だった。タクシーの運転手が家に入ってきた。

「こちらの家の方でしょうか。タクシー代を払ってもらえないんですが」

出てみると、佳美が乗っている。家から二キロも離れているところでタクシーをひろったらしい。

「S町というので走っていたら途中偶然お宅の前を通りかかった。ここで降りるというので止め

たのだがお金がないという。それで伺ったんですが」

「うちの者です。ご迷惑をおかけしました」

とタクシー代を払った。

徐々に徘徊の回数や程度が深刻化していった。

ある夏の夕方、ふと姿が見えなくなった。自転車で付近をくまなく探したが見つけられない。

夜が迫ってきた。「警察に頼もうか」と、近所に住む妹に来てもらって相談している時に電話が鳴った。

「こちら、高山町の永名寺ですが、霧間佳美さんとおっしゃる方はお宅の方でしょうか」

「はい、そうですが」

「佳美さんがこちらに来ておられます。連れに来ていただきたいんですが」

「すぐ行きます」

お寺の名前に聞き覚えがあった。道順を聞いて愕然となった。そこは、佳美の亡くなった両親の墓のある寺ではないか。

町はずれにある里山の麓の寺には、参道の突き当りに長い階段がある。それを避けるように作られている車一台がやっと通れるような細い道をゆっくりと走り、裏手から境内に入って車を停め歩いて表側に回った。うす暗くなった庫裡の上がりかまちに座って住職の奥さんと話している佳美の姿が、スポットライトに照らされた舞台のヒロインのように裸電球の下に浮かんでいた。

「佳美」

と声をかける。すると佳美は、

「どこに行っとったん。探しよったんよ」

と、顔をほころばせ、

「これ、うちの旦那です」

と奥さんに紹介した。

「ごめん。仕事で遅くなって。だけどこれからは探さなくていいんだから、ちゃんと家にいなさいよ」

一緒に来ていた妹に「先に車に乗って」と佳美を預け、その後ろ姿を見送ってから、

「ご迷惑をおかけしました」

と挨拶した。

「墓地の中を歩いておられる様子がおかしいと、ご近所の方が電話をしてくださったんです」

「お手数をおかけしてしまいました。家から歩いて来たようなんですが、先祖の菩提寺だと分かって来たんでしょうか」

「何かに導かれて来たとしか思えませんね。子どものころは親に連れられ歩いて先祖参りをなさっていたのでしょうから、道順は体の中に入っているのでしょうね」

自宅から三キロも離れているその寺には、今は車で参詣しているのだ。僕には歩いて行った覚

えがないし、歩いて行こうとも思わない。佳美の顔を住職の奥さんが覚えていたことと、佳美が自分の名前を言えたことが幸いした。

「ご近所の方がよく気が付いてくれましたね。もう少し遅かったら暗くなっていたでしょうに。本当にありがとうございました」

と、僕は何度も頭を下げた。

「うちは裏が竹藪で山に続いているんです。その中に迷い込んでいたら出られなくなるかもわかりませんよ。これが冬だったら大変なことになっていたでしょう。本当によかったです」

ベッドに入ってから昼間のことを思うと、僕はなかなか寝付けなかった。そばでは佳美が何事もなかったように寝息を立てている。その横顔を見ながら、どうすれば毎日を無事に過ごさせられるかをいろいろと考え、グループホームに入居させることが最善の方法だろうと思いいたった。そして翌日、専門学校に出向いて校長に非常勤講師を辞することを願い出た。

僕のグループホーム探しが始まった。市役所の高齢者福祉課でもらってきたグループホーム一覧表を手に中心部から徐々に郊外に足を延ばし、一軒一軒玄関をくぐった。普通の民家を改造したコンパクトなものもあれば、新築の総合病院なみの豪華な造りのところもある。薄暗く雰囲気も冷たいと感じるところもあれば、外の光をいっぱい取り入れてホテルのロビーかと思われるような明るいところもある。個人病院に付属しているところもあれば、介護とは全く関係がないと思われる業種の企業が経営しているところもある。思っていたよりもはるかに数が多い。しかし、入所できるところは見つからない。

「あいにく今満員です。館内を一応ご案内しますけど、いつ空きができるか分かりません。登録だけしておきましょうか」

と、ウエイティングリストにだけは書かされた。

「アルツハイマーです」と告げると、

「CTは撮られたんですか。うちはアルツハイマーは受け入れていないんですが」

と、頭から断るところもあった。

「アルツハイマーは手間が何倍もかかるんです。一応入ってもらっても暴力行為が見られたらすぐ出てもらっています」

と、眉をしかめるところもあった。

大規模ではなく明るく温かい家庭的な雰囲気のところがいい、すぐに見つかるだろうと楽観的に考えていた僕は、何日走り回っても見つからず、厳しい現実に直面して途方に暮れかかっていた。そんなときに出会ったのが「安らぎの里」だった。町中から郊外に出かかった時、偶然通りかかったところで、

「医療法人○○会　グループホーム　安らぎの里」

の看板が目に入った。大通りから少し入ったところ、田んぼの中に独立峰のように建っている

鉄筋三階建ての細長い白っぽいビルだ。住宅街から少し離れ、児童公園が隣接しているのも気に入った。玄関前の十坪ほどの庭の半分が花畑になっており、犬好きのオーナーなのだろうか、庭のところどころに陶器製らしい等身大の犬の置物があり、コリーやセント・バーナードなどの大型犬がやさしい目で入ってくる人を見つめている。玄関には鍵がかかっていなかった。

僕は何も考える間もなく受付に立っていた。「ここもだめだろうな」と半分はあきらめが混じっている。かなりの年配の女性の理事長さんが面会してくださった。

「アルツハイマーの人は別の世界に住んでいるんです。他の認知症の人と同じ価値観で判断してはいけません。うちはアルツハイマー専任のスタッフを準備しています」

との一声に、

「よろしくお願いします。明日本人を連れてきます」

と即決した。開所したばかりで数部屋空きがあるとのことだった。自宅から車で三十分ほどかかるが、そんなことは言っておられない。

エレベーターで三階に上がるとすぐ食堂だった。細長いホールの中央に細長いテーブルがあり、部屋の隅に食堂と対面式になった調理台がついている。冷蔵庫や食器洗浄器なども完備している。食堂を中心に伸びている廊下に面して個室が並んでいる。「九人が定員なので部屋は九つあります」と説明された。食堂では車いすの入居者が二人、窓側におかれたテレビに見いっている。

「今空いている部屋はここです」

と案内されたところは、食堂の東側にある四畳半ほどの細長い個室でベッドが一つ置いてある。

「ベッドはレンタルです。月計算でレンタル料をいただきます。他必要なものはご自分でそろえてください」

ベッド以外は何もないので、僕はその足でスーパーやホームセンターなどを回り、衣装ケースや二人掛けのソファーを購入してその日のうちに運び入れてもらった。家からは寝具一式と衣類を運んだ。壁にカレンダーをかけると一応住めるような部屋の雰囲気ができあがった。

翌日、身の回りの物をカバンに詰め、佳美を連れて昼前に「安らぎの里」を訪れた。佳美は見慣れぬところに連れ込まれ、あわただしく動く僕から何かを感じたのだろうか、僕にピタッと寄り添うと離れようとしない。一緒に昼食をごちそうになっている時も片手で僕のそで口や手を握ったままである。

「トイレに行きたい」

「そこがトイレだよ。一人で行きなさい」

「いやよ。どうしたらいいのか分からない。一緒に行って」

一緒に入ると、

「あの女、トイレに男を連れこんだ」

と、後ろからとがった声が追いかけてきた。

「ご主人だからいいのよ。さっ、みどりさん、散歩に行こうね」

と、ヘルパーさんの一人が声の主を食堂から連れ出した。

僕の帰る時間が近づいてきた。ヘルパーさんの顔を見ながら帰るジェスチャーをすると、ヘルパーさんはうなずいて
「佳美さん、洗濯物をたたむのを手伝ってくださいね」

と、隣接している作業部屋に連れて行ってくれた。僕は手早く荷物を持つと部屋を飛び出し、エレベーターに乗り込もうとしたところで理事長さんに会った。

「霧間さん、奥さんの様子はいかがですか。安心して任せてください」

「よろしくお願いします」

僕は押さえて話したつもりだったが、その声を佳美は聞き逃さなかった。

「主人が来た」

と、部屋をとびだした。僕はあわててそばのカーテンの陰に身を隠した。

「どこにいるの」

と、不安に満ちた震えたような声が近づいてきた。理事長さんが気を利かせ、なだめながら作業部屋の方に連れて行ってくれた。僕の目に涙がにじんだ。このまま思いっきり抱きしめたかった。その衝動に必死に耐え、車に乗ってから何度も三階の窓を振り仰いだ。もし佳美が窓から覗いたら引き返そうと思いながら意を決してエンジンをかけた。

僕は毎日佳美のもとに通い続けている。昼前から三時間ほどの間だが、見舞いではなく短時間でも一緒に生活したいとの思いからである。昼食を食べさせた後はソファーに身を寄せ合って座り、日本叙情歌やクラシックのCDを聴くのを日課にしている。「あざみの歌」などの日本叙情歌は二人の青春の歌だった。特に中田喜直作曲のものは佳美の持ち歌だった。新婚当時はカラオケのなかった時代である。皆毎日のように誘い合わせて歌声喫茶に出向き、コーヒー一杯で二時間もねばりアコーディオンの伴奏で叙情歌やロシア民謡を歌ったものだ。

山好きの僕は雪山にも連れて行った。二人で暗くさびしい粉雪の舞う雪道をスキーやリュックを担いで彷徨ったあの頃が鮮やかに甦ってくる。ヘッドライトの淡く頼りげのない小さな光りのスポットを一心に見つめながら僕の後を追ってくる佳美の顔が浮かんでくる。

佳美の夢は、ヨーロッパの教会でパイプオルガンの生の音を聞くことだった。退職したら必ず行こうと話し合っていた。しかし、今となっては難しい。

柑橘類が好きな佳美のために毎日グレープフルーツや伊予柑半個分の皮をむき、すぐ食べられるようにし密封容器に入れて持ってきている。昼食後ソファーに座って蓋を開けると、甘酸っぱい香りがほのかに拡がる。スプーンにそれを載せて口先に持って行くと目をつむって口を開ける。口の中に押し込むと目を開け口をもぐもぐと動かしてから飲みこむと目をつむって催促するように口を開ける。デザートを食べ終わると、佳美はCDを聞きながら僕の肩に頭を乗せ、手をまさぐって僕の手首を固く握りしめる。

しばらくすると、安心しきったように少し口を開けて寝息を立てるのもいつものことだ。手首を固く握っていた親指の力が徐々に抜けると四本の指の関節が緩んで僕の手の上を滑るようにゆっくりと膝まで落とし、そこでちょっと留まった後ソファーの角まで滑って指だけをだらりとソファーの外に柳の葉のように垂れ下がらせる。お互いに皮膚の温もりを確かめ合っていると、僕の頭の中も次第に無重力のような霞のかかったような闇の世界に陥っていく。

「チュウーしようか?」

「いやよ」

拒否されたことよりもコミュニケーションが取れたことの方がうれしかった。こちらの話したことが理解できたのだと、ほっと安堵の息をつく。

一時半はおむつ交換の時間である。靴を脱がせ抱きかかえてベッドに横にする。ヘルパーさんに「お願いします」と声をかけ部屋の外に出る。元気のいい時には体をくねらせ手を下に伸ばしておむつの中に手を入れようとする。

「霧間さん、ちょっと来て下さい」

と呼ばれると、部屋に入って、

「じっとしてなきゃだめでしょ」

などと声をかけながら、枕元で佳美の両手首を握って胸のところに持って行くか上に伸ばして固定する。その間佳美は穏やかなやさしい目でじっと僕の顔を見つめている。

最近は言葉がほとんど出なくなっている。僕は医師から「中期を過ぎると失語する」との説明を受けていた。それが現実に感じられ始めた時だっただけに、散歩の途中に急に出た「どうしたらいいの？」の一言や「いやよ」の一言に複雑な喜びを感じる。

「まだ言葉が出る。言葉でコミュニケーションができる」との安心感が湧きあがってくる。たとえ言葉が出なくても、「耳の機能は働いている。思考もできてこちらの言葉は理解している」と一条の光がさした思いが心をなごませる。

僕はその日の日記を、次の一文で締めくくった。

「じっと見つめてくれる目の中から、何も読み取ることができない。何かを伝えたい、何かを言いたいとの気持ちは伝わってくる。だけど、それが何か分からない。君の目を見るたびに悲しく、そしてすまない気持ちで一杯になる。」

Ⅲ

所要のため二週間ほど家を開けなければならなくなった。気になって旅先から何度か電話を入れると、「お元気にしておられますよ」の声が返ってくる。しかし、二週間ぶりに会った佳美の口からは完全に言葉が消えていた。そして、車いすの生活に変わっていた。

「元気にしてた？」

手を握って声をかけると、言葉の代わりだろうか爪を立てて引っ掻いた。

「チュウーしようか？」

と顔を覗き込んでも全く反応しない。二週間会いに来なかったことを怒っているのだろうか。何か言いたいことがあるのだろうかと思うのだがそれが分からない。その後、強い力で手首を握ったまま離さなくなった。

僕は力ずくで手を引き抜いた。僕を見つめている目におびえとも悲しみとも恨みとも、そして絶望感ともとれる光が浮かんでそして消えた。僕の心が立ちすくんだ。「このまま連れて帰ろう」肩を抱いた手に力を入れ表情のない顔を覗き込んだ。

「いっしょに帰ろうか」

返事はなかった。

しかし、連れて帰った後の生活の有様が頭の中を灰色の霧のように流れ始めると、がっくりとソファーに腰を落とすしかなかった。徘徊が始まった時のことを思い浮かべると、佳美の世話と僕の生活とは両立できないものであった。

昼過ぎに「安らぎの里」を訪れた僕は、玄関でヘルパーの真原さんにあった。五十年配の女性で入居者に細かく心遣いをしてくれる。自宅で一人住まいをしている僕を気遣ってか、佳美の繕いものなども積極的にかって出てくれる。ベストが着せにくいと言うと、夜勤の日に時間があるからと脇にファスナーを付けて着脱が簡単にできるように工夫してくれていた。介護用品は高いとこぼすと、車いす用の座布団を手作りしてくれた。僕も心を許して、愚痴を聞いてもらう時もある。朗らかでいつも明るい顔がさわやかだ。

その真原さんが見たこともないほど憔悴し、やつれきった顔で玄関に立っていた。足取りも重く声をかけるまで僕に気がつかない。

「どうしたの。夜勤だったんでしょう」

びっくりしたように顔をあげ、僕を見つめた目に涙があふれそうになった。

「昨夜大変だったの。大変なことしてしまった」

目がうつろで焦点がさだまらない。

「単車で帰るんでしょう。無理だよ。危ないよ」

よろめいた体を支えると、濃い目の甘いコロンの香りがただよった。

「玉井のおばあちゃんが亡くなったの。私のせいで」

「いったいどうして」

僕は脇の下に腕をまわし体を支えるようにして少し離れた駐車場まで歩き、僕の車の助手席に座らせた。

「親戚の人が差し入れたゼリーか何かを夜中に食べて、喉を詰まらせたらしいの。気が付いた時は遅かった。すぐ救急車を呼んだんだけど間に合わなかった。夜中に病院から亡くなったって連絡があって、施設長や家族への連絡やなんかで、さっきまで大変だった。私さえ早く気が付いていたらこんなことにならなかったのに」

「九十六歳の方でしょう。だいたい九人の入居者を一人で見るというのが無理じゃないの。昼間寝てて夜寝ないっていう人もいるんでしょう。誰が夜勤してても同じだったと思うよ。早く忘れた方がいいよ」

　しばらく話していると、すこし元気が出たようだった。

「もう大丈夫です。ありがとう」の声を聞いて「気を付けて」と送り出した。

　玉井のおばあちゃんといえば、食事がすんで部屋に帰ると、突如大きな声を出して皆を驚かせていた。

「じいちゃんよー。助けてくれよー」

　と、その声は三階中に響きわたる。ヘルパーさんたちは声をかけたり散歩に連れ出したりと気分転換を図りながら気持ちを落ち着かせる。僕は最初その叫びを聞いた時、「何事が起きたのか」とぎょっと心が固まったが、「他人には想像できない葛藤や不安、絶望感に苛まれているのだろうな。佳美も同じではないのだろうか」と心が覗けないいらだちを感じた。

　その日、普段よりかなり遅くなって佳美の部屋に入った。食事を済ませベッドで横になっていたのを抱きかかえるようにしてソファーに座らせた。佳美が急に僕の手に噛みついた。

「痛い。何するんだ」

つい、大きな声を出してしまった。手の甲に歯形がくっきり残り血が滲んでいる。次には腕に爪を立てて引っ掻いた。爪の痕がはっきりと残った。

顔を覗き込むと、普段と違った強い目をしている。

「ごめん、仕事が多くて遅くなって」

僕がいつものように横に座っても肩に頭を持たせかけてこない。足をいっぱいのばすと体をずるずると床にずり落としていく。

「危ないでしょう。ちゃんと座りなさいよ」

抱きかかえソファーに引き上げても、またずり落ちる。

「Mさん助けてよ。佳美が変なんだよ」

近くで洗濯物を畳んでいたヘルパーさんに助けを求めた。

「あら、霧間さん、いい匂いがしますよ。どうしたんですか」

「えっ、どうしたんだろう。あー、さっき玄関で真原さんが倒れかかったんで助けたんですよ。その時香りが移ったのかも」

「佳美さん。旦那さんは人を助けたんですよ。怒ったらだめですよ」

Mさんは佳美の手を柔らかくなでながら、ソファーに座り直させた。佳美の目の光が少し穏やかになった。

佳美は眼をつむって寝たような状態が徐々に長く続くようになってきた。それでも目を開けて僕を探すしぐさをする時がある。右手を斜め上に差し出すように伸ばし、ゆらゆらと波間にただよう木片のように手の甲を上下させる。僕の顔を見つけると、しわの増えた顔をくしゃくしゃとくずす。わずかな笑い声を立て、目を細くして弛んだ上目蓋がやや三日月のような弧を描く。

「佳美さん、いい顔ね」

「私たちにはこんな顔絶対にしないよね」

などと、通りすがりのヘルパーさんたちは、声をかけながら顔を覗き込む。そんなときに限って、僕が帰ろうとすると、手を握って離さない。右側に座っている僕の左手の手首を片手で握りもう一方の手を指にからませ固く握りしめ、自分の右ほほに押し付けようとする。あとの予定が気になる僕はすまないと思いながら力ずくでそれをはぎ取るように手を引き抜く。

「昨夜は大変だったらしいね」

「そうなんですよ。だから夜勤は皆いやがるんです。何があっても一人ではどうしようもないですよ」

Ⅳ

入歯が合わなくなってきた。痛いのか自分ではずしてしまう。歯医者に行ってみたらとの声で、長年家族ぐるみの付き合いをしている友人のところに連れていった。しかし、親しくしていた奥さんの「佳美さん、お久しぶり」の呼びかけに全く反応しない。診察が始まった。

「口を開けてください」と言われても全く口を開けようとしない。無理に開けようとするとさらに固く閉じてしまう。

「すみません。どんな名医でも、口を開けてくれなかったら、仕事にならないですね」

と、わびを言って僕はそのまま連れて帰った。

その日から、歯なしの生活が始まった。食事はきざみ食になった。原形が分からないほど細かく刻んだり、ミキサーにかけられてどろどろのクリーム状になったものをスプーンで口に流し込む。嚥下機能の衰えた人には、誤飲を防ぐためにお茶やみそ汁などの液体にはすべて「とろみ」がつけられるが、佳美はまだそこまではいっていない。

好きだったソーメンやそばなどの麺類が出た時は、箸を持たすと自分で食べようとするときがある。しかし、うまく箸が使えずこぼすのでヘルパーさんが自然に手を出してしまう。

甘えているのか、徐々に自分で食べようとする意欲を示さなくなってきた。ヘルパーさんの介添えなしには食事ができない。昼の時間に間に合った時は僕がほぼ毎日食べさせている。機嫌のよい時には、薄目を開け、スプーンが口に近づくと自分で口を開ける。機嫌の悪い時には口を開けてくれない。何回もスプーンの先で唇にタッチし続ける。やっと開けても顔を動かしたり自分でスプーンを掴むなどして大半が外にこぼれてしまう。

荒れ気味の時は、食卓の端を握って机をガタガタと揺らす。何か気に食わないことがあるのだろうと思うのだが、それが分からない。

「どうしたの。口で言いなさいよ」

と言っても当然答えは返ってこない。何かを訴えたいのだろうと思って目を覗き込むのだが分からず、情けない思いに駆られる。体がしんどくて食欲がないのか、味が合わないのか、早くお茶が飲みたいのか、それとも嫌いな物で食べたくないのか、こちらを困らせようとしているのか、甘えているのか拗ねているのか、僕はいろいろと考えるのだが皆目見当がつかない。一言おいしくないとか食べたくないとか言ってくれたら対応のしかたもあるのだが、と思うばかりである。食後のお茶を美味しそうに飲んでくれるのが救いだ。だが、口腔ケアのうがいの水も飲み込んでしまう。

ここの施設と提携している内科医の往診の日に説明の個人面談があった。

「徐々に嚥下機能が衰え、胃からの逆流が起こるかも分からない。そのうち口からの食事が出来なくなるし水分の摂取もできなくなるだろう。自然に任せるか胃婁《いろう》にするか考えておいてほしい」

と言われた。そういえば、食事の時間が徐々に長くなってきている。口を開ける間隔が少しずつ長くなっているのだ。時には途中で寝息を立てることもある。反応が遅くなったのか、食欲が落ちてきたのか分からないが、今のところは時間をかけてでもなんとか完食にまではこぎつけている。しかし、これからの予測がたたない。

「考えると言っても、どちらがいいのかは素人には分かりません。先生が決めてください」

「決定は、身内の人にしてもらわなければならないんです」

友人に、

「医者に胃瘻《いろう》にするか考えておいてほしいと言われたんだが」

と、電話を入れると、

「胃瘻は本人を苦しめるだけじゃないの」

と、そっけない返事が返ってきた。

自然に任せたら、生死の境は目の前にあるのだろう。以前佳美が、

「延命措置はとらないでほしい」

と言っていたことも脳裏をかすめる。しかし、僕は少しでも長く二人で一緒にいたいと思う。

「胃瘻は延命措置なのだろうか。正当な医療行為ではないのか」

と考える。

「神様は何を試そうとなさっているのか」

と、一晩悩んだが、結論は出ない。でも、厳しい現実が日一日と近づいているのは確かな事実なのだ。

「いつか、自分が決めなければいけない日がやってくる」

と僕にはつらく重い毎日が続く。

「佳美さんは全部食べてくれるからいいですね」

と、ヘルパーさんたちは声をかけてくれる。いったん口に入れても嫌いなものや気に入らない味付けの時は黙ってエプロンや床の上に吐き出してしまう人もいる。なんかの拍子に頑として口を開けなくなる人もいる。佳美もそのうちそうなるのかも分からない。そうなったらどうして食べさせたらよいのだろうか。本人の好きにさせたら確実に生への道は閉ざされるであろう。

言葉が出なくなっても、居室のソファーでくつろぎながらCDを聞く生活は続いている。

「食堂で童謡をかけているから一緒に聞きませんか」

と、ヘルパーさんが声をかけてくれる。しかし、「お手手つないで」や「シャボン玉とんだ」がはたして佳美の心に届くのだろうか。「年寄りには童謡を」というのはどんな根拠があるのだろうか。

「部屋で、佳美の好きだった歌を聞きますから」

と、申し訳ないと思いながらいつも断っている。

CDに合わせて僕が耳元で歌うと、体を揺らすように動かすときがある。聞こえていて体でリズムを取っているように思える。

毎日見つめていると、顔の表情が徐々に無くなりほほの筋肉が動かなくなってきた。目も光が消えうつろになってきている。僕の顔が近くにあっても視線を動かすことがなくなってきた。目をつむっている時間が長くなった。光を入れて少しでも脳を刺激しなければと瞼を上下に引っ張って無理に開けさせても長い時間は開けていない。たまに僕の顔に気が付いたと思う時だけ目が心持細くなり、目蓋がほんの少し三日月のように丸く曲がったように僕には見えるのだ。

佳美は乾燥肌である。冬になって湿度が減少し始めると、痒くなるのかあちこちをぼりぼりと掻き始める。掻くのは以前と同じだが血が滲み始めても止めない。痒みは感じるのに痛みは感じないのだろうか。

「血が出てるのに痛くないの」

と聞きながら、保湿クリームを擦り込む毎日である。

つまんだ皺だらけの皮膚は、ティッシュペーパーをつまんだ時のように、盛り上がったままなかなか元には戻らない。残された僅かな時間を大切にしたいと毎日足を運び、抱いた顔にほほを寄せる。それが今の僕の生きがいなのだ。

この日の日記は、

「君の心の中にはどんなメロディーが残っているのだろうか。どんな和音だったら共鳴するのだろうか。少しでもそれが分かれば、君の心に届けることができるのに」で締めくくった。

エデンだより

朝

入居一日目の夜が明けた。初日の緊張を引きずりながらの目覚めでやや体が重い。赤く染まった東の空を見ながら窓を開けると、入梅前の爽やかな風と共に、鳴き交わすウグイスの声が飛び込んできた。笹鳴きを卒業した声だ。山のあちこちから風に乗って耳に届く。思いがけない贈り物に心が弾み外に出た。

西側には里山がせまり、居室のある2号棟はその斜面と直角になるように建っている。三階の廊下の西側突き当たりのドアを開け外に出ると、短い階段があり、その外側に道があった。東側は一階の外が道路なので、2号棟に沿っている道は西から東へと下っている坂道になっている。

声の主が姿を見せないのは分かっているが、少しでも近づきたいと坂道を上る。山に入ったところで突然舗装が切れ土道に変わった。両側の木々に名札がぶら下がっている。ヤマボウシの花が目に入る。普通、山中で見かける大木と違って背丈ほどの木なので、四枚の白い総包片の大きさが樹高と何かアンバランスだなと違和感を感じる。ハナミズキ、サルスベリ、月桂樹、モッコク、ホルトノキとなじみの名前が続く。車の通れるほどの道の中ほどにまで両側から雑草が拡がり、土を匿している。ツユクサの青い可憐な花を踏まないようにと雑草の上に足を置くと、夜来の雨の雫が足首を湿らせる。

半ズボンのふくらはぎにしがみついてくる飢えた蚊の群れを手で払い除けながら、引き返した。通りがかった入居者に、

「上は造園業者の敷地で、私道です」

と声を掛けられる。

四階の自室から南に目を向けると、かつてフィールドワークで歩き回った石鎚山の山並みが遠望できる。八十歳を越した今となっては、あそこまで足を延ばすことは無理だろう。秋になったら図鑑片手にここの里山をうろついてみようと思いながらウグイスの鳴き止まない西の里山に目を移した。

落穂拾い

友人宅で、ミレーの名画「落穂拾い」を見た。もちろん複製画である。この絵を見ると、いつも戦時中を思い出す。小学生だった私たちは、「お百姓さんの苦労を考え、一粒も残すな」と、授業そっちのけで収穫の済んだ田圃に出かけて行った。困窮している食料不足の一助に駆り出さ

れていたなどとは露知らず、素直にお百姓さんの苦労だけを考え、愚痴もこぼさず無心に作業に励んだものだった。

ところが、過日イスラエルを旅した時、「落穂拾い」の裏に大きな意味のあることを知った。ユダヤ社会では、「農産物を収穫するときには、貧者・弱者のためにその一部を残しておかなければならない」という不文律が、紀元前千年も前から、神の声として言い伝えられてきていたのである。この神の声は、旧約聖書を通してキリスト教に引き継がれ、農村共同体の慣習として受け継がれている。

特にフランス革命後、ヨーロッパの疲弊した社会において「落穂拾い」は弱者の保護と扶養の一つの手段として機能していたと考えられる。バルビゾンに在住していたミレーは、この光景を暖かい眼差しで見続けていたのだろう。ミレーは神の声を「落穂拾い」の絵の中に再現させていたのある。生活の厳しさ、働く姿の気高さ、人間の優しさを凝縮・融合させた名画として称えられている。このミレーの眼差しは、日本人の感性に合っていると言う人もいる。

その心は、現代でいうホスピタリティーそのものではないのか。さらに「おもてなしの心」に通じるものであろう。イスラエルでは、街角や畑の片隅に大きな木の箱が置かれている。余剰品や不要品をこの箱に入れておき、欲しい者が自由に持って帰ってもいいという。この小さな光が、紛争の続く地にいつか大きな輝きを灯すことを祈るのみである。

クリスマスツリー

藁細工を飾ったクリスマスツリー

クリスマスツリーには、子どもの頃の思い出が詰まっている。クリスマスが近づくと母親が部屋の片隅に小さなクリスマスツリーを飾りつけていた。よちよち歩きの僕は、横から手を出した。ピカピカ光る豆電球、赤色や金色に輝いているガラス玉、チカチカと手を刺すモミの木の葉、ドキドキしながら葉の上にそっと乗せた白い綿、断片的な思い出に母の優しさが重なる。

小さな手から滑り落ちた金色の玉が床の上で木端微塵に砕け散り、それを雑巾で丁寧にふき取っていた母の姿、部屋の片隅にぴかっと光った粉のようなガラスの破片を母の真似をして小さな指先に唾で引っ付けて得意そうに母に見せた姿、思い出は尽きない。豆電球がＬＥＤに、ガラス玉がプラスチックに、モミの木が造り物に変わった今も懐かしさは変わらない。

オーストリア、ザルツブルグの片田舎で藁細工をぶら下げているクリスマスツリーに出会った。貧しい時代、飾り物が買えなくて手作りの藁細工を飾っていた風習が今も伝えられているのだそうだ。使い捨ての紙皿に子どもが願い事や絵を書いてぶら下げているのもあった。

薄暗い灯火の下、集まって熱心に藁を編んでいる飾り気のない家族の姿が、暖かい絵となって脳裏を去来する。煌びやかさを競う昨今のクリスマスツリーに比べ、なんと心の籠ったツリーだろうか、神様は素朴な藁細工の方に目を向けられるに違いない。

子どもたちが絵などを画いている紙皿

タイムカプセル

韓国の歴史ドラマ「ホ・ジュン」を観た。朝鮮一の名医と慕われた人物の生涯を描いたものである。ホ・ジュンが、逃亡したとの汚名を着ながら戦火から資料や書物を守るため大きな風呂敷包を背中にかついで、命がけで山中を逃げ惑うシーンが印象に残った。

井上靖の小説「敦煌」では、西夏の侵攻を恐れた人たちが、経典・絵画などを数キロ離れた莫高窟まで運び石窟に封蔵した様子がドラマティックに描かれている。九百年後の一九〇〇年に発見された時には、実に四万点を超す膨大な品数が世界を驚かせた。映画「敦煌」での俳優の佐藤浩市や西田敏行の熱演の記憶が新しい。現地ガイドは、この壁の向こう側から発見されたと誇らしげに紹介する。

一九四六年末、ベドウィンの羊飼いの少年がイスラエルの死海の近くクムランの山で、偶然壺に入った古文書を発見した。二千年の眠りを覚まされた聖書のヘブライ語の写本だった。異教徒の略奪・破壊から守るため埋蔵したものと推定される。パピルスや羊皮紙が、実に二千年の時空に耐えて原状を保ち続けたことはまさに驚嘆すべきことである。「死海文書」と呼ばれるこの写本の持つ考古的・歴史的・宗教的価値は計り知れないものがあり、二十世紀最大の考古学的発見と言われている。現在、イスラエル博物館の特別収蔵庫「書物の神殿」に超国宝として厳重な環境管理の下で保管されており、そのほんの一部のみが展示されている。

神はなぜ、文化を生み出す英知とそれを破壊しようとする愚かさを合わせ持った人間を造ったのだろうか。身勝手な争いによってかけがえのない文化遺産を失い続けている中、後世に残さなければとする良識を持った人たちがいることがせめてもの救いと思うと共に、沢山の過去からの贈物を詰め込んだ次なるカプセルが発見されることを期待したい。

ふるさと富士

晴れた日の夕方、松山観光港に降り立って海側を振り返れば、夕焼けに染まった円錐型の小高い山が視界に飛び込んでくる。興居島という島にある二八二メートルの山で、地図には「小富士」となっているが、地元では、「伊予小富士」と呼んでいる。その昔、正岡子規や夏目漱石らに愛でられてきた山だという。

日本各地には、地元の地名をつけて「〜富士」と呼ばれている山が数多く存在する。北海道では羊蹄山を蝦夷富士、香川県の飯野山は讃岐富士などで、「ふるさと富士」とか「郷土富士」「おらが富士」と呼ばれ、故郷自慢の一つとしているものである。

愛媛には「伊予富士」という山がある。石鎚山系の一つのピークで、三等三角点のある一七五六メートルの立派な山だが、こちらはもともとの正式名称なので、興居島の「小富士」ともども「ふるさと富士」にいれてよいものかどうか疑問である。大洲市には「冨士山」と書いて「とみすやま」と呼ぶ立派な独立峰があるが、「冨」は「富」の異体字で意味も読みも同じだとのこと、「大洲富士」という別名もあってややこしい。

赤道の国エクアドルの首都キトーから白雪を頂いた円錐型の非常にきれいな山が見える。アン

デス山脈の一つのピーク「コトパクシ」で五八九七メートルもあり、現地の日本人に「エクアドル富士」と呼ばれている

資料によると世界には「ふるさと富士」と呼ばれているものが五九座あり、中南米には十六座と、世界の三分の一弱が集中している。この場合の「ふるさと」とは日本のことである。地球の裏側へと、故郷から遠くなるほど想いが募るのだろうか。在住の日本人たちは涙の滲むような郷愁を胸に秘め、はるばる、まほろばの空を偲んで毎日眺めているのだろう。とりまく異文化の中にあって、ともすれば見失いがちになるアイデンティティーをしっかりと繋ぎ止める一つの絆としているのかも分からない。

日本語表記

昨夏、中国のある観光地を訪ねた。特定企業（公営）によって完全に管理運営されている観光施設であった。各ポイントには、立派な説明板が建てられ、中国語・英語・韓国語・日本語等による丁寧な説明が書かれている。日本語を読んでみると、意味は分かるのだが、何だか少し変である。自然な言葉ではなく、パソコンで翻訳したような不自然さがあり、間違いもある。(写真参照)

東スイスの小さな町「マイエン・フェルト」は、小説「アルプスの少女ハイジ」の舞台となり「ハイジの里」として知られている所である。町というよりは山裾に広がった田園と言った方がいいような鄙びたところで、日本人観光客が多いという。説明板や道標などには全て日本語が書かれており、バス停の時刻表にまで日本語が添えられている。どれを読んでも不自然さが全くない立派な日本語である。この表示には、しっかりとした日本語話者が関わっていたのだろう。

中国の街の土産物屋に『おふくろあります』との日本語の看板が出ていた。入ってみると袋物を売っており、「〝袋〟を丁寧語にするために〝お〟を付けた」という。なるほど「お箸」「お茶碗」等は〝お〟を付けても可笑しくない。袋に〝お〟を付けるのがなぜだめなのか理解できないという。言葉にはルールはあっても例外が多すぎる。自然な言葉は、ネイティブ・スピーカーでないと隅々にまで目が届かない。

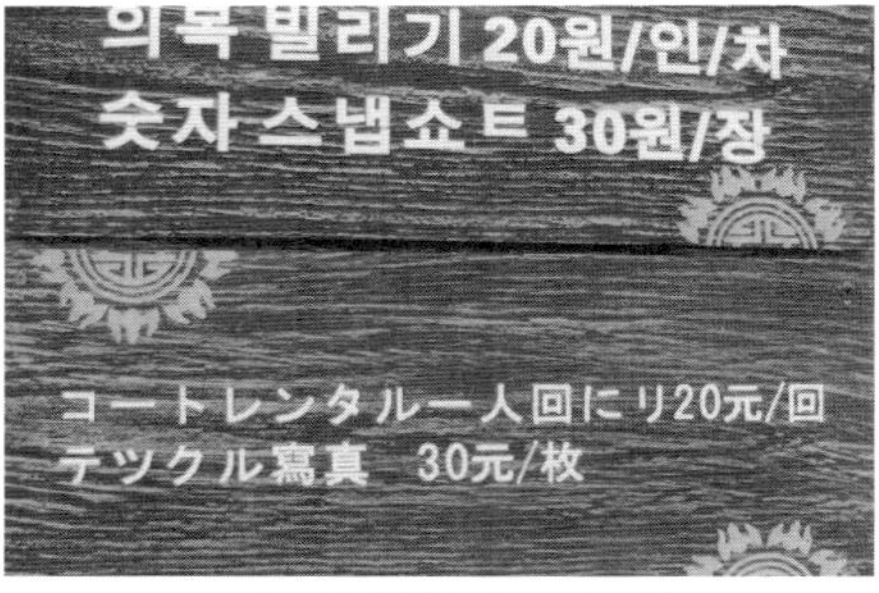

中国の観光地にあった看板

外国人観光客が急増している日本である。街には外国語表記が増えている。自然な外国語が書かれているのだろうか。掲示に当たっては、必ずネイティブ・スピーカーの目を通して頂きたいと思うのは、私だけではないと思う。

桜三里

松山エデンの園から東南東二十キロメートルほどのところに「桜三里」と呼ばれている地域がある。松山平野から東に伸びる金毘羅街道の標高四百メートル前後の峠手前から峠を越えて東側に渓谷沿いに下っている地域で、現在は国道や高速道路が通りトンネルが抜け高架橋が架かっているが、その昔は中山越えと呼ばれる難所だったという。地元では良く知られている地名なのだが、国土地理院の地形図にはその名前が載っていない。僅かにパーキングエリアやレストパークの名前に残っているだけだが、ドライブマップには記載されている。地域の通称だということだろうか。

子どものころから聞きなれた名前なので、山桜が咲き誇っていたのだろうと思っていた。ところが最近、桜は人に手によって植えられたヒガン桜やソメイヨシノであることを知った。七百年以上も前に平家の残党によって植えられたという説や、江戸時代に土砂流出防止のために藩の事業として植えたという説があるとのことである。どちらにしても、大正時代、近くの鉱山の煙害等によってほぼ全滅し、現在街道沿いに見られる桜は、付近の住民の手による保存活動によって補植されたもので、昔の物は樹齢三百年と推定される古木が二本残っているだけだという。

「さくら」は「狭い峡に沿って流れる谷川を表す」との説もあるので、桜が植えられる前からの地名だったのかもしれない。桜の種類は多く、北半球全般に分布しているということだが、外国では特別に植えたもの以外、ソメイヨシノのような華やかで目立つ桜を見たことがない。

海外在住の日本人は、花の形や色にはこだわらず、樹勢の似ているものに「パナマ桜」などとその地名を付けて日本の春を偲んでいる。南米では薄紫色のジャカランダを、中国では白いアンズを、ヨーロッパでは、白いアーモンドの花に桜恋しの慕情を託し、そっと故郷日本の空に思いを馳せている。視野一杯に広がる真っ白いアンズ畑は、それはそれで美しい。

語り部

東日本大震災から四年目に当たる今年は、阪神・淡路大震災から二十年目でもある。二十年前の一月十六日、地震の前日、私は明石の友人宅にいた。泊まっていけとの再三の誘いを断って夜汽車に身をゆだね、松山の自宅に落ち着いたのは日が変わってからだった。朝六時前、ギシギシという音と共に二階が揺れた。一日中付けっ放しにしたテレビにはわが目を疑う惨状が映っている。明石の友人の元気な声が聞けたのは、それから一ヶ月以上も経ってからだった。

多くの災害がある中で、私の心に最も強く深く刻まれているのは、松山大空襲である。今年はその七十周年にあたる。昭和二十年七月二十七日未明、Ｂ29による焼夷弾の絨毯爆撃が始まった。私は母と共に郊外の田圃に逃げ、ただ茫然と眺めているだけの目の前で、松山の中心部一万四千三百戸がわずか数時間で完全に燃え尽きた。

私は機会があるごとに松山大空襲や戦中戦後の有様を語り、文字にもしてきた。しかし、それは目前描写だけで、心情を伝えることは難しく、踏み込むことができなかった。

今年は戦後七十年目である。メディアは様々な切り口で特集を組んでいる。玉砕・戦艦大和、特攻隊、大空襲、原爆被爆、沖縄戦、シベリア抑留などなど、それぞれの立場からの証言もある。その中で「最後の機会」とか「最後の証言」などの文字が頻繁に目に入る。語り部が居なくなるというのである。時間の経過と共に歴史の証人が先細りになっていくのは自然の成り行きで仕方がないことだろう。

第二次世界大戦や松山大空襲については、伝えたいもの、残したいものがたくさんある。残念だがこれらは風化し、やがては地震や津波も含めて「昔こんなことがあった」という歴史年表の一項目だけになってしまうのかと思うと寂しいかぎりだ。

名月

満月は月に一回必ずやって来るのに、名月は年に一度だけしか来ない。九月の満月をなぜ名月と言うのだろうか。陰暦八月十五日の月を「中秋の名月」といい、中国ではこの日を「中秋節」と言う。観月の風習は平安時代に中国から伝わったと聞く。

私は中国で見る名月が好きである。中国は、どこの風景にも名月が融け込む優しさがあり、おおらかさがある。中国では名月を明月という。王建は「今夜月明人盡望（今夜の月明かりを人ことごとく望む）」と詠み、李白は「擧杯邀明月（杯をあげて名月を迎える）」と詠んでいる。故城（古い街）にかかる名月には古代へと思いを誘う魔力がある。

二十数年前、中国の西安（昔の都長安）に長期滞在していたときである。世話になっていたSさんに「今日は中秋節です。月見に行きましょう」と誘われた。美女に誘われたら断れない。西安の街を囲んでいる高い石積みの城壁の東門を出たところに興慶宮公園がある。千三百年前、唐玄宗と楊貴妃が住んでいたところだという。公園の隅には帰国の願いかなわず望郷の中に客死した阿倍仲麻呂の記念碑が建っている。

公園の中ほどには興慶湖と呼ばれる大きな池があり、多くのボートが浮かんでいる。我々もボートを借りて漕ぎ出した。しばらくすると東側の木立の陰からゆっくりと大きな満月が上がってきた。湖面には星屑のように散った月光が瞬いている。

「私たちは楊貴妃が見たのと同じ月を見ているのですよ」

と微笑むSさんが楊貴妃と重なって見えたのは夕食の老酒のせいなのか。

最近の中国はどうだろう。多くの世界遺産が赤や青のイルミネーションで彩られ、夜遅くまで声高な騒音が空気を乱している。月餅は売れるが月を仰ぎ見る者などはほとんど見かけない。昔を懐かしむのは歳のせいか。李白が見たらなんと詠むだろうか。

女人禁制

福岡県宗像市の沖ノ島が世界文化遺産の候補に決まったとのこと。女神が住む島として女人禁制になっているという。山の女人禁制はよくあるが、島の女人禁制は珍しい。

山の女人禁制では、富士山・立山・出羽三山・大峰山などがよく知られ、愛媛の石鎚山もその一つである。山の女人禁制は修験者の修行の妨げになると女性を遠ざけたのが始まりで、それに神道の血忌や仏教の煩悩の思想がからんで現在に至っていると言われている。ところが、沖ノ島は祀神が田心姫神という女神で、女性が近づくと嫉妬心を抱くためと言うが、神様でも妬けるのかと思うと、なんだか微笑ましい。

山の女人禁制は、明治初期より徐々に減少し現在完全な形で残っているのは奈良県の大峰山だけだろう。石鎚山ではお山開きの七月一日の一日だけとなっている。減少していったのは時代の流れもあっただろうが、なによりも女性自身の粘り強い抵抗があったためだろう。

新田次郎の小説「女人禁制」に、江戸末期に男装した女性が嵐の中富士山の登頂に成功したが、男装が発覚しそのまま男として下山させられた、と書いてある。

石鎚山では、大正八年（一九一九年）の夏、愛媛女子師範学校生徒五名が、太田藤一郎校長の引率の下、神官たちの厳しい監視の目のすきをついて登頂を果たした。伊予鉄横河原駅から四日をかけて往復を歩き通した快挙だった。しかし、なぜこの時期にあえて社会の禁忌に挑戦したのか。なぞは残ったままである。

時は正に、大正デモクラシーの嵐の最中であった。その流れに遅れまいとしたのだろうか。女人禁制は女性の人権無視との意見もあれば、伝統だという人もいる。日本の社会からこの慣習が皆無になるにはまだまだ時間がかかりそうだ。

隠れキリシタン

昭和五十年、松山市堀江地区（福角町）の小さな丘の叢の中から、変な恰好の三本の石柱が発見され（写真）、専門家によって「隠れキリシタンの墓」と断定された。どうして「隠れキリシタン」が松山に？　と皆訝った。

「～らしい」遺跡が多い中、これは教会石・十字架石・五輪塔がセットになった典型的な「隠れキリシタンの墓」だという。このように立派な墓を作ってもらった人もいれば、そのまま人知れず土になった人も多いことだろう。命をかけて信教を守り通した人とはどんな人だったのだろうか。

松山市の城北地区には、キリシタン関連の遺跡や遺物が散在しているという。

室町時代後期、今から約四百六十年前、ポルトガル人の宣教師が松山の堀江海岸に四国で初めて上陸し、堀江を中心に

堀江で発見された隠れキリシタンの墓

布教活動を行ったという。堀江には四国で初めてキリスト信者が生まれ、その後道後には教会堂も建設されたという。また、迫害が厳しくなった近畿地方から四国に逃れる信者が沢山いたことも由来しているとも考えられる。江戸末期、九州浦上で囚われた信者のうち八十六人が松山藩にお預けになり、三津口や衣山周辺に監禁されていたとの話もある。

北京オリンピックの時、宗教の自由化を声高く公言し、キリスト教を公認するとした中国だが、八年経った今になってキリスト教徒や人権派への締め付けが厳しくなってきているという。それも「騒動を引き起こした罪」とか「公共の秩序を乱した罪」など、以前の日本の治安維持法を思い起こさせるものである。

日本で起こった「隠れキリシタン」の悲劇を二度と起こさないことを祈る。

和食

十日ほども外国をぶらつき日本の空港に帰って来ると、まずレストランで和食を食べる。それも野沢菜か高菜の漬物の細切りに醤油をかけ、温かいご飯にまぶしたものがいい。かすかに鼻をくすぐる醤油の香りを嗅ぐと、日本人だなと心が落ち着く。

今は世界的な和食ブームとかで大概なところで日本食が食べられ、日本食材を手に入れることができる。しかし、パナマ共和国に住んでいた四十年前はそうではなかった。醤油を手に入れるのも大変だった。そんな不便な中で、妻は三食とも醤油味和食風の食事を整えてくれた。ベランダで三つ葉を栽培し、すりこ木片手にゴマダレやかまぼこ作りに奮闘していた。醤油を節約しながらのすまし汁や煮物も欠かさなかった。苦労したのは糟漬けである。

必要な材料は何もない。いろいろな情報をもとに試行錯誤の結果、普通の食パンを細かくちぎりスーパー売っているトウモロコシの粉を混ぜてビールで練る。それに塩を加えたものを糟床にする。細くて固く辛い大根は、事前にウオッカに浸けておくとうまくいった。

新鮮なキュウリやナスなどの糟漬けはいつも食卓を潤してくれた。自家製の糟漬けは、我が家を訪れる日本人客への恰好のお土産となり、話題の中心になった。米はカリフォルニア米が手に入り、日本の国内産以上のおいしさだった。

おかげで、私は体調を崩すことなく務めを全うすることができたのだ。

私にとっての和食とは、今も醤油味なのである。

中国の街角で見かけたすし屋のメニュー

木造のキリスト教会

ロシアのプレオブラジェンスカヤ教会

外国であちこちとキリスト教会を訪ね歩いていると、時々木造の教会に出くわすことがある。日本国内では木造は当り前だが、石造りが普通のヨーロッパでは珍しい。それが何百年もの歴史を抱えているとなるとなおさら愛おしく感じられる。戦火を免れ、野火や落雷・失火などから守られて何百年もの時を積み上げてきたのだ。それだけ地元に愛され大事にされてきたとの証であろう。

ロシア、モスクワ郊外のウラジミール周辺には、十六世紀、十七世紀ごろに建てられた建物が集中的に保存されている。中には移築されたものや十一世紀ごろのものもあるという。歴史的に重要な古都が集中しているこの地域を特に「黄金の環」と呼んでいるが、その中に木造の建築物が集められているところがあり、木造建築博物館と呼ばれている。

その中の一つがプレオブラジェンスカヤ教会（写真）である。玉ねぎ型の屋根をはじめロシア正教教会堂の特徴を凝縮した造りになっている。一七五六年建築となっているので、二百六十年の時を経ていることになる。釘は一本も使っていないという。ポプラの木片を組み合わせて葺いたという屋根は、陽が当たると銀色に輝いて美しい。

木組みだけでこの複雑な建物を造りあげる匠の技は、日本の宮大工に通じるものがあるのではないか。ロシア正教の優美で装飾的な教会様式の技法は、木造時代に培われたといわれている。サンクトペテルブルグの近くには、はるかに大きく複雑な同系の木造の教会が残されていて世界文化遺産に登録されていると聞く。

ニュージーランドには、日本の建築家坂茂氏が建てた「紙の教会」がある。建築資材のほとんどを特殊加工された段ボールで作っているという。教会も木造や石造から紙製へと進化しているのだ。

エーデルワイス

学友で山仲間のM君が卒業を前にして急逝した。病床でつぶやいた一言が、私のその後の山行きの方向を決めたのだった。

「本物のエーデルワイスが見たい」

仕事についてからは忙しくて、まとまった休みが取れない。やっと一週間の休みが取れた時にはもう二十数年が経っていた。エーデルワイスは和名を西洋薄雪草という。ウスユキソウ属は日本に八種あるが、どれも亜種か変種であって、日本では野生のエーデルワイスを見ることができないのだ。

折角とった休みだが、開花時期に合わすことができない。仕方なくスイスの土産物屋でエーデルワイスの押し花の栞を買って帰り、石鎚山天狗岳の東端にある南尖峰墓場尾根の岩柱の隙間に建てたM君の記念碑に供えるのがやっとだった。

足腰が弱って、もうエーデルワイスを見に行くことができないとあきらめかけていた時、平成二十八年六月下旬、なんと四国松山から北端の地稚内《わっかない》に直行便が飛んだのだ。本物でなくてもいい。近接種でもいい。野生株をみることができる最後のチャンスかもしれない。

レブンウスユキソウ

わずか二時間余のフライトだった。翌日礼文島に渡ったが自生地にまで行く時間が心許無い。その足で高山植物園に向かった。レブンウスユキソウ（別名：エゾウスユキソウ）が満開だった（写真）。心行くまでシャッターを切り続けた。

本物とは違うけれども、できればM君の記念碑に写真を供えたいと思う。しかし、残念ながら今の私には石鎚山に登る体力も脚力も残っていない。

アンデスの声

「岡山で『アンデスの声』のリスナーの会をするのですが、出ていただけませんか」

と、昨年夏、お誘いがあった。

「えっ、アンデスの声？もう無くなったのでは？」

三十五年前、飛び交っている短波放送を受信することがブームになっていた。しかし、インターネットの普及により受信者も少なくなって、そのほとんどが姿を消してしまった。

私が南米アンデス山脈にある短波放送局ＨＣＪＢを訪れたのはそのブームの最中だった。ＨＣＪＢは、キリスト教宣教のためアメリカ人宣教師が作った国際放送局で、通称「アンデスの声」

と呼ばれ、常時十二の言語と地元の方言で世界に向けて発信していた。その日本語部門を三十年間担当していたのが尾崎一夫・久子夫妻だった。

「こちらはＨＣＪＢアンデスの声です。南米大陸赤道の国エクアドルの首都キトからお送りしております。アチェ・セ・ホタ・べ。アンデスの峰を越えてお送りする日本語番組で、しばらくをごゆっくりお過ごしください」

「さくらさくら」のメロディーに続いて尾崎夫人のゆっくりとしたナレーションで始まる三十分から一時間の番組は、南米ジャングルの奥深くに入植し、日本語と無縁の生活の中で苦難を強いられている多くの日本人移民にとって、大きな癒しとなり励ましとなり、心の支えとなっていた。

その「アンデスの声」は、二〇〇〇年（平成十二年）閉鎖に追い込まれ、私はそのまま無くなってしまったと思いこんでいたのだった。

しかし、どっこい生き残っていたのである。アメリカで作られた番組がインターネット回線でオーストラリアに送られ、そこの送信所から短波放送として世界に発信しているのだという。時代の波に飲みこまれた物が、最新の技術でよみがえっていたのだった。

アメリカ在住の尾崎一夫さんが一時帰国するのに合わせて、リスナーの会を開くというのである。

秋の岡山日帰りの旅は、懐かしく楽しい一日であった。

山路越えて

法華津峠にたつ歌碑と妻

もう四十年も前のこと。南米エクアドルにある短波放送局「アンデスの声」に一通の手紙が寄せられた。当時ブラジルに八十万人いるといわれた日系人の一人からだった。

「母は八十五歳です。小さいときにブラジルに連れてこられ農業一筋に生きてきました。『アンデスの声』が好きで、いつも正座して聞いています。特に讃美歌『山路越えて』が好きで、よく口ずさんでいます」

この手紙が放送された二週間後、

「母は、枕元のラジオから流れてくる『山路越えて』を聞きながら静かに息を引き取りました」

（「ＨＣＪＢ通信」ライブラリーより。手紙の内容は、

筆者要約）

小説「蟹工船」の著者小林多喜二は共産党員との理由で逮捕され、特高警察の拷問によって虐殺された。二十九歳の若さだった。その後、母セキは、教会を知り讃美歌「山路越えて」を知った。昇天直前まで口ずさんでいたという。（小説「母」三浦綾子著より）

この二人の母は、他人には想像もできない心の重荷を負っていたことだろう。夜の山路を一人歩む旅人の孤独と重ね合わせたのだろうか。

「山路越えて」は讃美歌４０４番（讃美歌21では４６６番）として知られている。

作詞は松山の教育者西村清雄である。一九〇三年（明治三十六年）冬、四国西端の宇和島から百キロメート以上離れた松山への帰途、難所の法華津峠（標高四百三十六メートル）で夜となった。孤独を紛らわすため、ゴールデン・ヒルのメロディーに合わせて作詞し、明治版讃美歌に採用されたと伝えられている。

西村清雄は、勤労青年や女子の教育に尽力し愛媛県教育文化賞を受賞し、松山名誉市民に推され九十三歳で天に召された。

祝谷

松山エデンの園は、北から南へと下っている谷の西側斜面に建っている。この谷は「祝谷《いわいだに》」と呼ばれ、裾は扇状に拡がりながら松山平野へと続く。裾野の東側には古今の名湯道後温泉が控え、西側は遥か彼方で瀬戸内海の海岸線と交わる。

岩の割れ目から湯が湧き出していたことから「岩湯谷《いわゆだに》」と呼ばれていたものが「いわい谷」に変化したのだという。現在も、道後温泉の源泉の一つとなっている。

最近、松山エデンの園の近くで古墳が発掘された。周壕や葺石をともなった前方後円墳で祝谷大地ケ田遺跡と名付けられ、古墳時代中期（五世紀後半）のもので、かなりの権力者の墓だという。この祝谷ではすでに八か所の弥生時代の古墳が確認され、その周辺では百九十基もの食糧貯蔵穴も発掘されていて、祝谷古墳群と呼ばれている地域でもある。

万葉集に、

『熟田津に船乗りせむと月待てば
潮もかなひぬ今は漕ぎ出でな』

祝谷大池ヶ田遺跡発掘現場から松山エデンの園を望む

の一首がある。斉明七年（六百六十一年）斉明天皇一行が道後温泉で休養した時、額田王が詠んだもので、熟田津とは船着場のことである。

それが現在のどこに当たるのか諸説があり、その中の一つに御幸寺山麓説がある。御幸寺山はエデンの園の裏山の南側に隣接している山である。この説が本当だとしたら熟田津は祝谷の末端のすぐ近くにあったということになる。多くの貴人たちは船を降りた後、祝谷を横切って道後温泉に向かったのだろうか。

ともあれ、祝谷は古代のロマン溢れる地ではある。

かもめ食堂

帰りの飛行機の中で、群ようこ原作の映画「かもめ食堂」を見た。小林聡美扮する女主人一人が経営する小さな食堂が舞台である。外を歩く人が、大きなガラス窓にほほを押し付けるように中をうかがうと、手持無沙汰な女主人がにっこりと微笑みを返す。

覗き込む人は皆外国人だ。それもそのはず、そこは北欧の国フィンランドの首都ヘルシンキの街なのだ。ヘルシンキ空港を出発したばかりの機内なので、思わず引き込まれた。

ヘルシンキの空気は、ピリッと引き締まった透明感がある。大型観光船も出入りするという港に出ると、カモメが乱舞し露店が賑わっているが、潮の香がしない。海水の塩分濃度が低いからだという。

私が訪れた六月末は夏至祭の最中、街中はライラックが満開、民族衣装で着飾った女性たちがダンスやパレードに興じていた。その笑顔から長く厳しい冬が明けた喜びが街全体を覆っているのが伝わってくる。

さて、映画の中では、コーヒーがおいしくなり、ライスボール（おにぎり）が評判をよぶようになると、店がせまくなってきた。日本人の女性が二人店を手伝い始め賑やかになった。この小さな空間の、日常の時間がゆったりと流れる空気の中に、人間模様が巧みに織り込まれていく。それを女主人の温かく穏やかで包容力のある笑顔が包み込んでくれる。

ヘルシンキの人と景色に癒された心をさらに安らげ、成田空港までの九時間を短くしてくれた映画だつた。

ヘルシンキ港の露店市場

巡礼

菜の花の咲くころになると、松山エデンの園の二階の食堂の下を走っている県道に白装束の遍路姿を目にするようになる。四国八十八か所霊場の五十一番札所石手寺から五十二番札所太山寺に向かう「歩き遍路」の姿である。

遍路は巡礼の一種だろう。巡礼は世界のどこででもみられるが、特に名前の知られているのが、キリスト教の「聖地サンディアゴ巡礼」と言われるスペイン北西部にあるサンディアゴ・デ・コンポステーラの街を目指すものや、「ハッジ」で知られるイスラム教のメッカ巡礼である。

一般にヨーロッパの巡礼は一つの聖地だけを目指す直線型で、アジアでは複数の聖地を巡る回遊型が多いとされている。目指し方にもいろいろあり、私が目撃した中で最も過酷なものは、チベット仏教における五体投地であろう。合掌してから大地に体を投げ出すように腹ばいになり、立ち上がって合掌しまた体を投げ出すという動作を繰り返して前進していく。一回で進む距離は一身長分だけである。チベットでは、各地で顔も衣服も埃だらけ泥だらけになりながら一心不乱に五体投地を繰り返している姿を見かけることができる。

チベットには聖山を巡る巡礼もある。標高差数千メートルの峠と谷底間の登り下りを繰り返しながら山を一回りする厳しいものである。自分で望んだものとはいえ、過酷な苦しみの非日常空間の中で、聖なるものへ近づこうとする心情は、宇宙創造を象徴化した再生への祈りであるといわれる。命や魂の再生とは何だろうか。寝付かれない夜、頭の中を去来する。

龍

ノルウェーにあるスターブ教会を訪ねた。十二世紀建造と言われる木造の教会で、現在は古代建築物として保存されているものである。屋根に飾り（写真参照）があり「龍頭」だという。日本人の「龍」の一般概念からかなり外れたもので、むしろ蛇頭のイメージに近い。

和英辞書で「龍」を引くと「ドラゴン」と出てくる。ところが英和辞書で「ドラゴン」を引くと一応「龍」とあるが、「翼や長い尾があり口から火を噴く怪獣」などの説明や、ほかの意味もあり、恐竜の翼手竜のイメージに近く、「龍」と「ドラゴン」は完全には対応していない。

日本で一般的に知られている「龍」は中国から伝わったものである。中国の龍の原型は紀元前五千年ごろにできたと言われ、天候や水を支配する水神として、また権力や強さを表すものとして国や皇帝の象徴とされてきた。

スターブ教会の屋根の飾り

しかし、ヨーロッパではサタン（悪魔）のイメージが強い。聖書の「ヨハネの黙示録」には『火のように赤い大きな龍』とか『生まれてくる子どもを食べようと待ち構えている』など悪魔の象徴としてかかれている。

西洋の「ドラゴン」は悪魔、東洋の「龍」は神獣、と全く別のものだということになる。ところが、スターブ教会の「龍頭」の飾りは、魔よけだという。古くはヴァイキングの船の船首に悪魔祓いの象徴としてついていたと言うからややこしい。

聖書の「ドラゴン」を日本語に訳すとき「龍」の字を当てたところから妙な行き違いができたのではないだろうか。言葉とは面白いものである。

あとがき

以前書き溜めていたものを書き直して世に出したいと思いながら、時が過ぎていった。八十歳になったのを機に、老人ホーム「松山エデンの園」に入居した。ところが最近、目の不調を感じ始め最悪の場合には失明の可能性も考えざるを得なくなった。時がない。しかたなく少し手を入れただけで本にまとめることにした。乱文をお許しいただきたい。

妻（ひろみ）は、アルツハイマーを発症し、二十年にわたる闘病の末、八十歳で天に召された。その生活体験をもとに小説「佳美」を書いたが、すべてが妻のものではない。

中国にかかわる小説は、何回かの現地取材や友人からの情報がもとになっている。取材したのは今から十年以上も前、北京オリンピックの前のことである。

ところが、平成三十年（二〇一八年）九月二十四日（月）の日本国内各紙に「中国地下教会」にかかわる記事が掲載された。情況は変わっていないのか。中国はどこに向かおうとしているのか。協力してくれた中国の友人諸氏に心から感謝と敬意を表したい。

エッセイ「エデンだより」とは、社会福祉法人聖隷福祉事業団が関東関西地区に展開している九か所の介護付有料老人ホーム「エデンの園」が共同で投稿利用している、季刊文芸雑誌「エデンだより」のエッセイ部門のことである。

小説作法を一から指導していただいた故図子英雄先生及び「原点」の諸先輩、大阪文学学校の岡保夫先生及び諸先生方に厚くお礼申し上げます。

校正を助けていただいたＴＫ氏、編集・出版に関し終始お世話いただいた創風社出版大早友章・直美ご夫妻にも重ねて厚くお礼申し上げます。

初出一覧

カナンの地　「原点」97号　二〇〇八年十月三十日発行
青島の祈り　「原点」102号　二〇一三年八月一日発行
山小屋　「原点」101号　二〇一一年五月二十日発行
佳美　「原点」100号　二〇一〇年六月十日発行
エッセイ「エデンだより」　季刊文芸誌「エデンだより」(社会福祉法人　聖隷福祉事業団　高齢者公益事業部発行)
一二三号（二〇一三年十月秋号）～一四二号（二〇一八年七月夏号）

著者略歴

小暮　照　こぐれ あつし

1933年　北朝鮮平壌で生まれる

　　　　愛媛大学理学科卒業　中学校教員となる

1981年　パナマ日本人学校に派遣される

1984年　帰国

1990年　公立学校を退職後、日本語教師となる

　　　　愛媛大学山岳会会員・元愛媛県山岳連盟理事長

　　　　元「原点」同人

　　　　元全国海外子女教育・国際理解教育研究協議会会員

　　　　元松山市教育委員会日本語教育担当教育指導員

著書　『金の蛙 －日本人学校の窓から眺めたパナマの姿－』

　　　『石鎚山気象遭難－石鎚に散った多くの生命に捧げる－』

　　　『パナマ運河を渡る風』（いずれも創風社出版刊）

小暮照作品集

カナンの地

2018年11月1日 発行　定価＊本体価格1700円＋税

著　者　　小暮　照

発行者　　大早　友章

発行所　　創風社出版

〒791-8068 愛媛県松山市みどりヶ丘９－８

TEL.089-953-3153 FAX.089-953-3103

振替 01630-7-14660 http://www.soufusha.jp/

印刷　㈱松栄印刷所　　製本　㈱永木製本

 ISBN 978-4-86037-266-8

創風社出版　小暮 照 の本

金の蛙

日本人学校の窓から眺めたパナマの姿

太平洋と大西洋を結ぶ地峡の国、パナマ。熱帯の豊かな自然に育まれた動植物たち、「アスタ・マニャーナ」の長閑な人々、ラテンの香り濃い陽光の国――。日本人学校の教師として赴任した三年間、日々新しく出会い続けたパナマの素顔をみずみずしい筆致で綴る。

一九四二円＋税

石鎚山気象遭難

石鎚の峰に散った多くの命に捧げる

愛媛の山岳史を縦糸に綴る石鎚山遭難の歴史

西日本最高峰の山、石鎚山。四季折々壮美な姿で人々を魅了するこの山は、反面、数多くの生命を奪ってきた。実際におこった四つの事故をもとに遭難の状況を推測し、再現・分析する。【風ブックス№2】

一二〇〇円＋税

パナマ運河を渡る風

見知らぬ土地がいつしか自分の居場所になって――

女性として初めて石鎚山登頂を果たした女生徒たちの活躍を描いた「女人禁制」ほか、国境を越え、時を越え、民俗を越えてふれあい成長していく若者の心を多彩にさわやかに描いた小説集。

一八〇〇円＋税